集英社オレンジ文庫

月冠の使者

転生者、革命家と出逢う

仲村つばき

JN019845

本書は書き下ろしです。

月冠の使者

Contents

Apostle of The Moon Crown
Character
ルーシャ
冷たい顔立ちの青年。
白《アスプロ》の国からやってきたというが……？
アット
ルーシャと行動を共にする。
レ・ジーン
黒《マヴロ》の国の労働者の青年。
水の『祝福』の力を持つ。

ダン
同じ孤児院育ちの悪友。
タジラ
女神研究の異端者。
ガガージ
白の国《アスプロ》の大司教。

イラスト／藤ヶ咲

月冠の使者

Apostle of The Moon Crown

転生者、革命家と出逢う

Apostle of The Moon Crown

Prologue

プロローグ

七月某日、十九時四十七分、東京駅。

夜を迎えても変わらずむせかえるような熱気と、鬱屈《うっくつ》とした日々の連続に、息もたえだえになっていた。

駅舎の前でウェディングフォトを撮るカップルを避けて、青年はベンチに腰をかける。

手持ち無沙汰《ぶさた》にスマートフォンを取り出した。

いくらスクロールしても、似たような情報しか流さないニュースサイト。顔を上げればうんざりするほどの人が行き交う街並み。企業が意図的に作り上げた、整然とした景色の中で、なにもかもが色あせて見える。

まるで虜囚《りょしゅう》だ。

ネオンで飾り立てられた箱庭をさまようが、出口は見つからない。出口だと思っていたものも、庭の続きであったことを思い知らされる。そんな日常の繰り返し。

ひとりの女が、こちらを窺《うかが》うようにゆっくりと近づいてくる。

「すみません。よろしければ私、こういう者でして……」

「あ、いいんで、そういうの」

名刺を差し出されたが、一瞥《いちべつ》もせずに断った。

青年――高峯司《たかみねつかさ》は、人目を惹《ひ》く顔立ちをしていた。薄茶色の髪に透き通るような白い肌、

ぱっちりとした二重《ふたえ》の瞳。うすいくちびるを引き結ぶと、薄幸の美女に見える——という
のは、他人からよく言われる、お決まりの評価だ。

名刺の持ち主はグレーのパンツスーツに身を包んだ、四十代半ばくらいの女だった。負
けじと食い下がってくる。

「お兄さん、すごくきれいな顔をされていますよね。こっちの世界じゃぜったいに成功し
ますよ、間違いないです。もしかして、もうなにかしらの活動をされてますか？　モデル
とか、俳優とか、動画クリエイターだったり？」

「なにもしてないですよ」

たばこを取り出し、火をつけようとする。くそ。風が強くて、ほんの小さな炎も揺らぐ。

苛立《いらだ》たしい熱風だ。

「女優の大月桜子《おおつきさくらこ》に似てるって言われない？」

「……」

「待ち合わせ？　彼女と？」

面倒になったので、女に背を向ける。彼女はすかさず口を開いた。

「うまくいってないいんでしょう」

「……え？」

「本当に興味ない？　こっちの世界じゃ、あなたはすごく成功する男よ。私が紹介するのはあなたの美しい外見に相応《ふさわ》しい力が発揮できて、誰もあなたを品定めしたりしない場所なの」

「……あんた、何者？」

たばこの灰が、地面に落ちた。

白と黒がまじりあい、それはぱっくりとふたつに割れて、燃え尽きた。

Apostle of The Moon Crown
Chapter I

第一章　祝福の力

気味の悪い夜である。

開墾《かいこん》を断念したであろう、中途半端にひらけた森が来訪者を呑みこまんと、ぱっかりと口を開けている。

森のそばには枯れた畑、崩れかけの家が建ち並ぶ通り。年を取り、衰《おとろ》えきった牛のか細い鳴き声が聞こえる。

「ごめんください。ちょっと！　ゴーザイさんいらっしゃるんでしょう。この間の賃金、いつ払っていただけるんですか！」

色あせた扉を叩き、青年は声を張る。

家の窓から蠟燭《ろうそく》の明かりがちらちらと揺れていた。

この家は蠟燭が買えるのか。青年はくちびるをかむ。それならば、こちらの生活をもう少し慮《おもんぱか》っていただきたいものだが。

ここ数年の不作と疫病の流行により、青年たちが暮らす黒の国《マヴロ》は衰退の一途をたどっていた。庶民の暮らしむきの貧しさはもちろん、領主たちですら、礼服を新調できないと聞く。

この家の主人とて生活に余裕があるわけではないだろうが……。

（けどよ、この家はもともと地主だったんだ。俺たちみたいな、生まれてこのかたなんの

財産も持たない社会の底辺よりマシなはずだぜ）

　土地があるだけ、牛がいるだけ、彼らは自分たちよりもずっとまともな生活ができているのである。

「俺たちずーっと待ってるんですよ。屋台でメシを食う金もない。腹がすいて仕方がないですよ」

「わかってるよ、叫ばなくてもよお。こっちだって色々都合ってもんがあんだよ」

　すりきれた衣服に身を包んだ主人が顔を出す。背後からは赤ん坊の耳をつんざくような泣き声と、それをあやす母親の力ない声。主人はそれに構わず石造りの壁に背をあずけ、胸をけだるくかきながら言った。

「あんたら、ちょっと待てないのかね。ええ？　うちの仕事がなかったら、いよいよただの無職じゃないか。働き口を用意してやってるだけ、マシだと思ってもらいたいねえ」

　ヤニくさい息を吹きかけられる。

「ゴーザイさん、たばこを買う金はあるんじゃないか。蠟燭だってさ……」

「俺がいつどこでたばこを吸ったっていうんだね、うん？　証拠を見せてみろ」

「そんな子どもみたいな」

「あんたら墓掘り人の給金は、忘れていたわけじゃねぇ。来月にでも支払えるさ。ただすぐには出せねえよ」

作物が育たなくなったから、ゴーザイは畑を手放し、土地を売って墓場にしてしまった。むしろ今こそまとまった金を持っているはずだ。

青年の考えを見越してか、ゴーザイはため息をつく。

「土地を売った金だってまだ全額受け取ってないんだ。お前も金がない、だが俺も金がない。おわかりか？」

「ああ、よくわかってるさ。そしてこの墓掘りの仕事が慈善事業じゃないってことも、よくおわかりだろう、ゴーザイさんよ。酒場の雇い人募集の貼り紙には、しっかり給金が出るって書いてあったんだがね」

「さてな。そんなもん貼ったかな」

「ゴーザイさん」

ゴーザイが墓掘りの手伝いを募集したのが先々月のこと。仕事をまっとうしたのだから、もらえるものはもらわなくてはならない。

こうなったら奥の手である。

「すぐにでも払ってもらえるっていうのなら、今日の分はゴーザイさんに譲ろうと思ってたんだけど、俺も考え直さないといけないよな」

青年が手のひらを空に向ける。またたくまに光の粒子が集まって、とぷりと水が揺れていた。水は球体となり、輝きながら回転している。

ゴーザイは青年の手元に釘付けになる。

「あんた、そりゃ祝福の……」

「俺は給金がほしいだけだ。俺たち弱者を雇ってくれるという親切な御仁《ごじん》のために、女神様も力を使ってほしいと言っているような気がするねえ。あんなに気難しい赤ん坊抱《かか》えた奥さんに、まさか水をくみに行かせたりしないよな。ゴーザイさんが毎日大変な思いして水瓶にためてるんだろう。一日くらい、楽しておいしい飲み水を手に入れてみないか？」

ゴーザイは少しの間呆けてから、観念したように言った。

「まいったねえ。祝福持ちかい。このままあんたのことを追い返したら、女神様からバチを当てられるな。まったく、祝福なんて持っているんだったら墓掘りなんてとっととやめちまうんだな」

ゴーザイは家の中に戻ると、ぼろぼろの札を数枚取って戻ってきた。

やっぱり隠し持っていたのだ。青年は札をひったくり、慎重に数え始めた。きっちり三日分の給金を確認すると、顔をしかめる。

「どうした。約束通りの駄賃だぜ」

「俺たち、三人で仕事したはずだがね」

ゴーザイは舌打ちをして、ポケットから残りの給金を取り出した。

「祝福の力は、水瓶に入れてくれよ」

「どうもね」

俺だって、やりたくてこんなことやってるんじゃないさ。すべては貧乏ゆえ。

瓶の底に向けて意識を集中させ、念じる。

たっぷりの、濁りのない水をここに。

願うと同時に光が糸を紡《つむ》ぐようにして現れ、巨大な球体となり、回転しながら水をしたらせた。宙に浮く球体をながめ、ゴーザイは感心したように言う。

「たいしたもんだ」

「どうも」

「あんた、本当になんで墓掘りなんてやってる？　教会に世話してもらえ。このご時世だ。あんたのような人を教会は必要としてるんだろう。礼拝のときに、お偉いさんがたに水をふるまったらいいんだ。みんながあんたになけなしの銭を投げる」

「嫌だよ。教会で珍獣みたいに扱われるなんてさ」

「女神の使者様っていうのは、みんなそうさ。ありがたいお力があるんだからな」

澄んだ透明の液体で満たされたとき、青年——レ・ジーンはため息をついた。

「ありがたいお力ね」

水鏡に顔をうつしとる。くすんだ色の肌に、どんよりとした目元、痩《や》せぎすの顔。ごくごく平凡な、疲れきった男の顔だった。

ふと思う。俺はどこからやってきて、いったいどこへ行くのだろうと。

たとえ恵まれた力があっても、こんなにも未来はおぼつかない。ジーンは複雑な表情になった。


「さすが祝福持ちのレ・ジーンだ」

酒場でグラスを打ち鳴らすと、三人の男は無事の給金獲得を祝った。

黒《マヴロ》の国の西、地方都市トーガの繁華街。客寄せの大道芸人と串焼き肉の屋台、パン売りに薬売り、あやしい書物やへたくそな絵を広げる露天商、春をひさぐ女。さまざまな職業の、程度は違えどそれぞれに貧しい人間たちがひしめく通りである。聖職者や貴族たちはこのような薄汚く罰当たりな場所へは靴の先すら向けることはないだろう。酒と汗とゴミ溜めのむせかえるような悪臭にまじって、ジーンたちは祝杯をあげていた。

「お前ら、本当に調子いいよな。いざとなったら俺ひとりで行かせるなんてよ」

ジーンは口をとがらせる。

給金を取り立ててやろうぜ――と言ったときはふたりとも乗り気だったじゃないか。あのじじい、今日こそ殴《なぐ》り込んでやろうぜ、と騒いでいたじゃないか。扉を叩いた瞬間に牛小屋に身を隠すなんて、薄情なやつらである。

「だって、ゴーザイの親父ってガタイいいじゃねえかよ。顔も怖いし」

そういう本人もじゅうぶんガタイのいいダンが、おびえたように言う。長身で肩幅も広くどっしりとしているくせに、とても臆病な性格なのだ。しかしどんな状況でも食べ物の気配をかぎつけるのが抜群にうまいので、ダンといれば飢えることはない。

「僕も武闘派じゃないしさ。それにジーンは祝福持ちだし。祝福を持っている人間は女神の加護がついているってよく言われているじゃないか。さすがのゴーザイもブン殴ったりはできないだろうって」

小柄なタジラはそううなずいて、ずずっとスープをすすってみせた。

「特にジーンの祝福の力はすごいもんだ。黒の国中《マヴロ》の『祝福持ち』を見てきたけど、そんなにドバドバ水出せるやつなんてめったにいないんだ。ゴーザイの親父も、そりゃ驚いたはずだ。祝福を持つ人間とそうでない人間の違いとは何なのか。ますます女神の加護ってやつがどういう仕組みなのか気になるね。僕が見てきた例によると――……」

「始まったよ、タジラの異端女神病が」

タジラは女神研究に心血を注ぐ学者だったが、行き過ぎて学府の研究所を破門されたいわくつきの男である。孤児院育ちで身寄りのないジーンやダンとつるんで、あくせく日銭を稼《かせ》ぐのは、単純にジーンの「祝福の力」に興味があるからだ。

本人いわく王立学府でも飛び抜けて優秀な学徒だったというが、政府や教会の意に沿わない研究内容――簡単に説明すると「女神カルギリアスとはいったい何者なのか」といった禁忌《きんき》に抵触する研究を行っており、それがお偉いさんの逆鱗《げきりん》に触れた。かくして彼は異端の烙印《らくいん》を押されてしまったというわけだ。

「女神がどこからやってきたのか。人間だった時代はあったのか。その場合どこの国のどんな環境で育ち、どんな言語を喋《しゃべ》る人間で、どのような仕組みで祝福の力を発見し、どのように人に分け与えているのか。誰しもが気になることだと思うけどなあ」

タジラは首をかしげている。

「王立学府の連中って税金で好きなだけメシ食えるんだろ。女神なんて謎に包まれた存在なんだから、研究に正解もクソもねえ。テキトーにやっといて肉でもパンでも食いまくってればよかったんだ。ばかだぜこいつ」

信仰よりも三度の飯を大切にするダンは、女神のことなどどうでもよいのである。

「まあ、俺も水の力は便利で使わせてもらってるけど、別に女神の存在理由とかどうでもいいっちゃいいかな……」

ジーンが頬をかきながら言うと、タジラは目をつりあげる。

「お前ら、これだけ小さい頃から女神様女神様、なにかを食えば女神様のおめぐみで、健康でいられたら女神様のお慈悲で、なにかをすれば女神様からの神罰がくだる、結婚するなら女神様のような女性と、そんなこと言われ続けてるのに女神様そのものについてはなんとも思わないのかっ！」

彼がテーブルを叩いたのでジーンは声をひそめた。

「お前、声でかいって」

「聖職者が近寄らない店で飲んでるんだ。これくらい許せよ」

「それだけ熱心に女神カルギリアスの研究してたってことは、お前の元カミさんって女神様似だったの？」

「いや、色黒で太ってたねえ。宗教画とは似ても似つかなかった」

ひびの入っためがねをかけ直す彼。まだ「まっとうな学者」だったときに、別れた妻から贈られたものである。妻は異端者となった彼に愛想を尽かしてしまい、幼い娘と一緒に出ていった。

宗教画の女神カルギリアスは、色白で華奢《きやしや》、うねるような豊かな髪の女だった。微笑を浮かべて両の手のひらを差し出し、足元に跪《ひざまず》く人間に祝福の力を与える様子は、女神の説話の名場面だ。

「ああ。本物の女神様を研究するのは無理でも、せめて女神の化身《けしん》である『月冠《げつかん》の使者』を拝《おが》むことができたらなあ」

神託《しんたく》の島に降臨する、神秘に包まれた女性――月冠の使者。

額《ひたい》に月をかたどった冠型のあざが刻まれた彼女たちは、その身に宿した強力な祝福の力で、その時代ごとの「命題」を解決するために現れる。歴史上たびたびその姿を現し、悩める人々を救ってきた。

先の使者が亡くなってから、二十数年。最近になって、ようやく待望の新たな月冠の使者が降臨した。

ダンは両手を広げ、夢のように語る。

「なあ、同じカルギリアス教を信仰しているお隣の白の国《アスプロ》は使者の力でとんでもなく豊かになったと聞くぜ。あっちじゃ鉄が物を運んだり、指さきひとつで明かりがついたりするんだそうだ。ああ、使者が黒の国《マヴロ》へ来てくれてたら、今ごろ俺たちの生活ぶりもよくなって、景気のいい暮らしができていたかもしれないのになあ」

「仕方ないねえ。戦争で国がふたつに割れても、使者は今のところひとりなんだから。今回の使者は白の国《アスプロ》のものになったんだ、そういう運命と受け入れるほかないだろう」

黒の国《マヴロ》と白の国は、もとは「灰の国《パイオン》」というひとつの国であった。女神がはじめてこの土地に降り立ったときのこと。その降臨の衝撃により火山という火山が噴火し、数か月も降灰が続いた。それまでこの土地に根付いていたものを真っ白な灰で無に帰《き》すと、彼女は新しく国を創成した。それが灰の国のはじまり。その後ながらく平和が続いていたように思えたが、二十数年前の内戦が女神の怒りに触れた。

人間たちの愚かな争いを止めるため、女神は国境にゆらめく虹色の壁を出現させた。『女神の衣《ころも》』と呼ばれる壁は人々に直接的な害を及ぼすことはなかったが、強烈な畏怖《いふ》の感情を与えた。この壁を越えようとする者は神罰がくだり、体が焼き尽くされるという。嘘か真かは定かではないが、人々は足がすくんで壁に近づくことすら恐れるようになった。こうして互いの国を行き来することはできなくなってしまった。

そこで問題になったのが、月冠の使者の扱いである。

ジーンはやたらとしょっぱいスープに辟易《へきえき》しながらたずねる。

「なあ、タジラ。今までは灰の国にひとりの使者が降りたら、その使者が死ぬまで次の使者は現れなかったんだよな？　国がふたつになったからといって、使者はふたりにはならないのか？」

「さあ。使者はひとりのままかもしれないし、これから増えるのかもしれないし、先のことはわからない。ただひとつはっきりしているのは、今の月冠の使者は白の国のネルジェス国王が手に入れたということだけだ」

「うちのザリラクス国王はなにやってたんだよ」

ダンが憤慨《ふんがい》するが、タジラは肩をすくめる。

「どうして使者が白の国へ行くことになったのかはわからないんだが、どうにもこの経緯《いきさつ》に関しては妙だと言わざるをえないかな」

なんでも、今回の使者は降臨以降、一度も公《おおやけ》の場に姿を現したことがないのだとか。

「すんごい醜女《しこめ》とか？」

ダンはまじめくさった顔で、考えうるかぎりもっともくだらない見解を述べた。

「いや、別に醜女でもいいじゃないか」

「女神の化身だろ？　宗教画ではどえらい美人に描かれているじゃないか」

ジーンはパンをちぎって食べながら考える。うっかり醜女の姿で降臨しちゃったから人前に出るのは恥ずかしいです、なんて申告する使者は、おそらくいないのではないだろうか。

醜女かどうかはともかくとして、とタジラは言葉を切った。

「彼女の姿は謎に包まれている。ネルジェス国王が彼女を厳重に守り、公式行事に出さないようにしているらしい」

ジーンは首をかしげる。

「それって変なことなのか？　使者ってデッカイ教会の中でゴニョゴニョお祈りして、困った人の話聞いて、祝福の力使って……ってやってるんだろ。式典なんか出なくてもいいじゃないか」

「宣伝活動って大事なんだよ。豊かな生活ができるのは使者がいるからだ、だからみんなもっと教会に寄進しろいって主張するまたとない機会だろうが。教会組織は意地でも使者を表に出したいはずさ」

ところが白《アスプロ》の国の教会組織は、使者の降臨後もしばらくは沈黙を守ってきた。まるでどうするべきか考えあぐねていたかのように。

「本当は使者なんていないんじゃないのか？　あ、でも月の色に表れてるか……」

使者が降臨すると、夜空が様相を変える。月の色が変わるのだ。

「月が赤く染まっているということが動かぬ証拠。月冠の使者が偽者《にせもの》でしたってわけでもないのか」

ダンは意地汚く串焼き肉の串の部分をちろちろとなめながら言った。

「偽者どころか、この国の歴史をさかのぼっても、例を見ないほどの強大な力を持った使者だそうだ」

「指先ひとつで街中に明かりがついて、鉄を走らせて物を運ばせる、だっけ？　ちょっと考えつかないいくらいの出来事だな」

ジーンはこめかみを押さえた。

「俺、どっかで聞いた気がするんだよなあ。鉄が物運んで、指先パチンで家に明かりがついてっていうの」

「パチンってなんだよ」

「わからん。今、口から勝手に出てきた」

ジーンは後ろ頭をかいた。たまにこうして、自分でも訳のわからない既視感《きしかん》に出くわすことがあった。

「ジーン。それってお前がこの街に流れ着く前の記憶だったりするんじゃないのか？」

ダンがたずねると、ジーンは考え込んだ。

「そう。たまにあるんだけど、全然思い出せないんだよ。俺ってほぼ水死体ぎりぎりだったみたいだからな」

一番古い記憶はおそらく五歳くらいのときで、口の中が砂まみれで、体が冷たかった。それだけである。

ダンは腕を組んだ。

「俺は先の戦争のときの戦災孤児だけど、ジーンのほうはまだどっかで家族が生きてるかもしれないからなあ。思い出せるならそれに越したことはないんだが」

ジーンは親の顔を見たことがない。冷たい海を死体のようにたゆたっているのを海辺の住民に発見され、救護されたのである。そしてそこから一番近いこの地方都市トーガの孤児院にうつされた。自分を見つけたときの大人たちのあわてようだけ、ぼんやりと覚えている。

ジーンの親はとうとう見つからず、彼は成人までこの街で過ごした。祝福の力を持っていたこともあって、教会付属の孤児院ではとても丁寧に扱われた。

ただ。

なぜだか、ずっと窮屈な人生を送ってきたような気がするのだ。体がむずむずとして、いつもどこかへ飛び出していきたくなるような、不思議な気持ちを抱えて生きてきた。

そのため、規律の厳しい教会暮らしは彼に向かなかった。

ジーンは周囲の反対を押し切って、成人後は日雇い労働をしながらひとり暮らしをすることにした。現在は、せっかくのひとりの城にも、家を持たないダンやタジラが転がり込んで、とんでもなくむさくるしい有様となっている。

タジラは、ずりさがっためがねの位置を直した。

「実際、教会の外へ出ることは反対されたんだろう？」

「そりゃそうさ。女神の与えたもうた力を、正しく扱わなくてはなりません。そのためには教会にいるのが一番。ジーン、あなたは修道士におなりなさい。ってな」

孤児院のマザーのものまねをすると、そのマザー本人を知っているダンは「似てる似てる」と大笑いしていた。

「神学校にタダで行けて、タダで神父様になれたのになあ。そしてメシには困らない」

「まあ、マザーとは約束して出てきたから。この力を悪用したり、金儲《もう》けのために使ったりしませんって。もし俺がそんなことしたら遠慮なくとっつかまえてくださいよってさ。そんな台詞《せりふ》聞かされたらマザーもなんにも言えないよ。祝福持ちは教会にいなきゃいけないって法律もないんだし」

「お前はそれでいいかもしれないけど、このご時世厄介《やっかい》だぜ〜。誘拐されて水を出せ！って言われたらどうするんだよ」

「それに、最近は物騒だぞ。なんでも祝福の力が突然奪われるなんて事件も起こっているらしい」

　おどろおどろしくタジラは語る。

「はあ？　どうやってそんなもん取るんだよ」

「それがわからないから謎なんだよ。黒い布をかぶった男がひたひたと近寄ってきて、たずねるんだよ。『あなたはツカサか？』って」

「ツカサってなんだよ。なんかの呪文？」

「知らん。とにかくそう聞かれるらしい」

　額がずきりと傷み、ジーンは顔をしかめる。タジラはそんな彼をよそに、したり顔で話を続けた。

「その男は女神の衣から音もなく、すっと現れてだな……狙われるのは全員が祝福持ちだそうだ。やりくちは不明だけど、襲われた人間は突然祝福の力が使えなくなるらしい。異端者か犯罪者か、よくわからんけど、気味悪がられてる。ジーン、お前も十分気をつけろよ」

「お、おう」

「怖《こ》えー。俺祝福持ちじゃなくて良かった！」

　ダンは自分の体を抱きしめて、腹の立つことを言っている。

タジラはため息をついた。

「はあ。こんなよくわからん怪情報じゃなくて、俺は本物の月冠の使者様の話を聞きたいねえ。できたら実際にお会いしてみたいもんだぜ……」

その心の内にはぞんぶんに「研究したい」が含まれている気がした。

「お前なんかお国公認の異端者なんだから、会わせてもらえるわけないだろ」

カミさんだけじゃなくて使者にも逃げられるわ、とダンは塩漬け肉にかぶりつく。

「でも本当は、使者がいて女神の衣もない。そんな平和な時代を拝めればそれで十分なんだけどな」

タジラが薄い酒を胃に流し込んでいる。

「家族に会いたいか？」

ジーンがたずねると、タジラは首を横に振る。

「娘には嫁さんがついてるから大丈夫さ、俺といるより。それより両親がな。生きているのか死んでいるのかもわからない。結婚したことも、娘が生まれたことも、報告したかったけれどな。まあ嫁さんとはもう別れているけれど」

タジラは没落貴族の三男坊だったが、特別頭が良かった。彼の賢さは、史上最年少の学府入学を可能にした。戦時下には異例のことだったが、親戚の支援を得て学府へ通うため、今は白の国《アスプロ》側にある生家を離れてすぐ、虹色の壁が現れた。

教会はこれを「不可侵の壁」だと発表し、災厄《さいやく》の象徴『女神の衣』として扱った——。

以降タジラは親きょうだいの顔を見ていない。

酒が底を尽いた。もうすでに店じまいだ。群青色《ぐんじょう》の空には赤い月がのぼり、白い星が散っている。

黒の国《マヴロ》にはびこっているのは、言いようのない閉塞感《へいそくかん》だった。

（給金の未払いだって、これからもっと増えるだろうし、仕事自体もなくなるかも。すでに俺たち土地を持たない民《たみ》の生活はギリギリってところだ……）

月冠の使者がいないのなら仕方がないと人並みの生活をあきらめ、どうにかなるさと、ただ無為な毎日を過ごすというのは、自堕落すぎやしまいか。

「なんとかしなくちゃな」

ジーンはいつもの口癖《くちぐせ》をとなえた。

「なんとかしなくちゃ、俺たちは道ばたの骨くずになるぜ」

「なんとかしてくれよ、祝福大臣！」

すでにできあがっているダンは、力強くジーンの背中を打った。

ジーンはむせながらも、具体的にどうするべきなのかがわからず、途方に暮れていた。

＊

草むらに寝転がって、ジーンは女神の衣をながめていた。光を放ちながらゆらめく壁はさまざまに色を変える。緑がかった青から、紫を経《へ》て薄い赤へ。壁は女神の怒りの産物であると同時に停戦の象徴でもあり、二十年にわたり二国を分断し続けていた。

ジーンは目を閉じて、うとうとと船をこいでいた。いつからだろう。この付近の丘でうたたねをするようになったのは。みなが神罰を恐れて女神の衣に近寄ろうともしないのに、ジーンは不思議とこの壁に親しみを感じていた。やがて幼い頃からよく見る不思議な夢が、女神の衣のそばでなら、さらに具体的に見えるようになると気がついたのだ。

意識は少しずつ薄れていった。浮かび上がったのは、女の姿だった。だが白い靄《もや》がかかっていて、顔ははっきりとしない。女はこのあたりでは見たことのないような服を着ている。上下がつながった形は同じだが庶民が着るようなゆるりとしたチュニックでもなく、貴族の女性たちが袖《そで》を通すようなドレスでもない。そのふわりとした服には小花模様があしらわれ、磨き上げたかのように光沢《こうたく》を放つ靴を履《は》いていた。

「――ツカサ」

彼女は、かすれるような声で言った。

「——ツカサ。もう、クルマを出すよ……」

はっと目覚める。

目の前にはゆらめく女神の衣。通り過ぎるのは牛を引く老人。じっとりと汗をかいた手のひらの下には、しめった草がしおれている。

ジーンは後ろ頭をかいた。

「なんだよ。タジラのせいで、夢の女まで怪情報の台詞を言うようになっちまった……」

この夢が、自分の出生をたどる唯一の手がかりだっていうのに。

彼は嘆息《たんそく》して、女神の衣を見るともなく見た。

ジーンはいつも、同じようなことを想像した。

両親は白の国《アスプロ》にいるのではないだろうか。

(それなら、見たことのない服を着た女が夢に出てくるのもうなずけるってもんだ)

二十年も分断されているなら、生活や文化の様式もずいぶん異なっているはずである。

しかしジーンはトーガに流れ着いたときから、この国の言葉を操ることができた。同じ言語を話す別の国、それは壁の向こうの白の国にほかならない。

(壁には触っちゃいけない、触ったら女神の怒りで体が焼き尽くされるって教えられたけど、本当のところはどうなんだろうか……）

たまに自殺者が壁につっこんだとか、そういった噂は聞くけれど、壁に接触した者が結局どうなったか……人によって語る内容はまちまちだ。

壁に触れた手がはじけ飛んだとか、触れた人間はあとかたもなく消えてしまったとか、白の国へ行けたはいいものの、姿を現した瞬間にあちら側の兵士に殺されたとか。どれもろくなものではない。

（教会が神罰をでっち上げて、人々を近づけさせないようにしているって噂もある。もし本当に壁を抜けてもなんともないんだったら、みんな我先にと白の国へ行くんじゃないだろうか。月冠の使者が豊かな暮らしをもたらしたというのなら、どんなものか見てみたいものな……）

指先ひとつで家中に明かりがつき、走る鉄が物を運ぶ。タジラの言うことは夢物語のようだったが、使者は桁《けた》はずれの祝福の力を持っているのだというのだから、不可能ではないのだろう。

もしかして……女神の衣をすり抜けられたら。

月冠の使者によって作り上げられた理想郷が広がっているのかもしれない。貧しい人々が虐《しいた》げられることのない世界。そこには実の両親がいて、ジーンとの再会を喜んでくれるのかもしれない。

ジーンはばねのように起き上がると、顔つきをひきしめた。そしてずんずんと壁に向かって歩きだす。

壁はジーンの姿を察知したようにうねり、赤から紫へと色を変えた。度胸試しだ。震える手を伸ばしてみる。

もし、壁をなんの障害もなく通り抜けることができたら、俺は白の国《アスプロ》を見に行く。どこかにいるかもしれない自分の両親を捜しに行くのだ。

自分の過去がわからない。それはとても不安なことだった。なにか大きな意志によって、ジーンの人生そのものが阻《はば》まれている気がした。割り切って生きようと思えば思うほど、まだ見ぬ家族が気になった。

あの、夢の女。彼女は何者なのだろう。

──知りたい。知らなければ、俺は前には進めない。

すり抜けられなかったら……俺は、それまでの男だ。もしこの右手が吹き飛んだりしたら──そのときは──。

こみあげる唾液《だえき》を飲みくだし、壁に指先をつけようとしたそのとき。

「なにをしている」

手首をつかまれ、ジーンはあっけにとられた。

「死にたいのか。女神の衣に触れるのは禁忌のはずだ」

若い男である。黒髪につり目がちの、冷たい顔立ちをしている。しかし言葉にはわずかだが訛《なま》りがあり、「禁忌」の単語のあたりで語尾がはねた。

「聞いているのか。自殺志願者め」

「いや……あんた、この壁触ったことある？」

ジーンは彼の手を払いのけると、たずねてみた。

「ない。命知らずの姿が見えたから、何事かと思い来ただけだ。普段は近寄ろうとも思わない」

壁に触れたら女神の罰がくだされる——。

この美しい壁は、そこにあるだけでなにもかもを拒絶する。

「あんたは女神の罰って信じるの？」

「体はひとつしかないんだから、信じるほかないだろ」

「たしかに」

面白い奴だ、とジーンは思った。なんとなく、ダンやタジラ、自分の友人たちと近しいものを感じる。普通なら「女神の罰を信じるのか」とたずねられたら、「そのようなことを口にするだけでも恐ろしい」と青い顔をしてこの場から立ち去るだろう。

ジーンは挑むようにして言った。

「女神の衣を行き来できるのは使者だけだっていうけど、本当かどうかたしかめたやつなんて聞いたことがない。だから俺がたしかめてやろうと思っただけだ」

使者は壁の制約を受けないと言われている。以前の使者——国が割れる前に存在していた使者は、たしかに女神の衣をすり抜けることができたらしい。その使者も女神の衣が現れてすぐに、役目を終えて亡くなってしまったのだが。

青年はじっとジーンを見つめた。

「なんだよ」

「お前、なんて名前だ?」

「教会にチクるつもりじゃないだろうな。ここらで女神の衣に悪さしようとしてるやつがいるって……」

「教会にチクられるかも、なんて小さいことを気にするなら、はじめから女神の衣になど触れようとするな」

言われた通りだった。あらためて指摘されると、いかに自分の行動が子どもじみていたのかがわかる。ジーンは己《おのれ》を恥じて、ぼそぼそと名を告げた。

「ジーンだよ。レ・ジーン。このあたりのスラムの、レ地区ってところに住んでるから、そう名乗ってる。近くを通りがかったら声かけてくれよ。一杯やろうぜ。あんたの名は？」

「ルーシャだ。レ・ジーン、とにかく壁には近づくな」

彼は、「連れが待っているから」とさっさと立ち去った。

連れか。いい男だったし、奥さんでもいるのかな。うらやましいかぎりである。

ジーンの顔はごくごく平凡で、異性に受けのよい方ではない。女性からは都合良く井戸代わりに使われて、要領のいい色男にかっさらわれるという経験を幾度となく繰り返してきた。

「くそっ。実は俺がすっごいお貴族様の息子だったたなんてことないかなあ」

ぶつくさと言うと、ジーンは壁に背を向けて歩きだした。

黒《マ》の国《ヴロ》の王・ザリラクスが住まう居城は、じっとりとした暗闇に包まれていた。

戦争は王の心を疲弊《ひへい》させた。今年で齢《よわい》七十を迎える王は、酒に溺れ、健康を損《そこ》ない、杖をついてようやく歩いた。体中から腐臭《ふしゅう》がただよってくるが、家来の誰もがそれを指摘できなかった。叱責《しっせき》が恐ろしいのではない。なにかを言えば、王はもろくも崩れてしまいそうだったのだ。かつては日に何度も熱心に祈りを捧げていたが、今や彼は体の不調から女神像の前に跪くこともできなかった。

二十年前の戦争で甥《おい》ネルジェスと争い、領土の半分を女神によって取り上げられて以来、王の苦難の日々は続いた。

「トーガの国境付近ですが、ここ数日は怪《あや》しい動きはありませんでした。しかし油断はできません。十日前、レ地区で大地の祝福持ちが力を奪われる事件が起こっています。この地区だけですでに四件……」

もの言わぬ王の前で、青年——ルーシャは淡々と報告を読み上げた。

ザリラクスが顎《あご》で命じると、家来が酒を注いだ。それがなければ王は人の話に耳を傾けることもできなかった。震える手で器《うつわ》をつかみ、口をつけると、ようやく閉じかけていたまぶたを開いた。かつてはザリラクスを魅力的に引き立たせていたであろう青灰の瞳は、今はすっかり濁っていた。

「祝福の強奪者……黒布《こくふ》の男は、彼《か》の国の者と見て間違いはないか」

「私の見立てでは、間違いないと存じます。犯人は女神の衣の干渉《かんしょう》を受けることなく、こちらへやってくる。壁付近には祝福持ちを近づけさせてはなりません」

「……女神の衣が現れる前、トーガの街の向こうはタグギアというなんの変哲もない田舎《いなか》町であった。お前のいた頃はどうだったかね。ルーシャ」

「タグギアは月冠の使者の力により、とてつもない先進都市へと変貌を遂《と》げました」

「時代はすっかり、私を置いてきぼりにした」

ザリラクスは懐《なつ》かしむようにそう言った。まだタグギアが自分のものであったときのことを思い出していたのかもしれない。

「ルーシャよ。私の庇護《ひご》下に居続けたいのなら、祝福持ちを守れ。トーガの街をくまなく見張れ。時が来るまで……」

「は」

王はうつらうつらしはじめた。王の手の中から器がこぼれ落ち、酒が床にまき散らされる。家来たちはあわてて彼の濡れた服を拭《ふ》き、割れた器を片付けにかかる。

ザリラクス王の粗相を、ルーシャは見てみぬふりをする。

「失礼いたします」

謁見《えっけん》の間《ま》を辞したルーシャの背に、控えていた青年がぴったりとついた。

「先ほど、謁見の間からすごい音がしましたが……」

「ザリラクス王が酒器を落とされた」

「もう長くないですね」

「アット。そういった直接的な表現は控えろ」

アットはたちまちに笑みを作り、通りすがった貴族たちに挨拶をする。この童顔で人好きのする笑顔を持ち合わせた青年は、皮膚の下にするどい針のような本音を隠しているのだった。

「王はなんと」

「トーガの祝福持ちを守るようにと仰《おお》せだ。神託の島の祭典まで、我々もその程度しか行動にうつせない」

「たしかに、黒布の男に近づくにはそれが一番でしょう。トーガの祝福持ちについてはすでに洗っています」

アットは懐《ふところ》から書き付けを取り出した。常に仏頂面《ぶっちょうづら》のルーシャとは違い、彼は他人の警戒心をときやすかった。これはルーシャがどんなにまねをしようと思ってもできなかったことである。

アットはその特技ですっかり街にとけこみ、噂を集めては、有用な情報をルーシャに報告する。

「教会に属している祝福持ちには、もとより壁に近づこうとするおろかな者はおりません。

これまでの四件、被害者は全員修道士でしたが、奉仕活動のために外出して襲われている。王を通して教会に警告し、外出を控えるように命じた方がいいでしょう」

「それはすでに提言済みだ」

「そして、教会に属していない、きわめてまれな祝福持ちがトーガにいます」

「祝福持ちは教会の庇護下に入るのが一般的だろう」

「でも、いるんです。名はレ・ジーン。水の祝福を持っています。あちこち歩き回っては困った人に水を分け与えているので、ちょっとした有名人ですよ」

「レ・ジーン……」

ルーシャは足を止めた。

「どうかしましたか？」

「俺は知らぬ間に、その人物に接触していたのかもしれない」

女神の壁を恐れずに、手を触れようとした男。

記憶に新しい。ルーシャが黒布の男を捜していたときに見つけた人物だった。からっとした物言いをするわりに、心のどこかに拭《ぬぐ》えぬ不安を抱えているようだった。不思議と惹《ひ》かれる人柄だと思ったが、祝福持ちだったとは。

「それは――話が早い。教会の協力で守れないのは彼だけです。すぐにでも我々が動いた方がいいでしょう」

「その人物のことをもっと詳しく掘り下げてくれ。俺は今夜も女神の衣の周辺の警備にあたる」

「かしこまりました」

――これ以上、誰も。

奪わせたりしない。絶望させたりはしない。それは白の国《アスプロ》から命からがらここまで逃げおおせてきた、自分たちだけで十分だ。

「黒布の男を止める。あの化け物を生み出した責任を取る」

衛兵に預けていた剣を受け取り、ルーシャはこぶしを握りしめた。

Apostle of The Moon Crown
Chapter II

第二章　運命の祭典

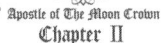

白の国《アスプロ》、首都アスドリーリャ。

うたうような音楽のしらべ。噴水からあふれでる豊かな水。触れても熱くない、摩訶《まか》不思議な炎のゆらめき。

玉座《ぎょくざ》におさまった国王ネルジェスは、満足そうにあごひげを撫でた。

完璧と言ってもいい。我が国は、建国以来最も眩《まばゆ》い春の季節を迎えている。

一時は国境の壁が出現し、使者が死に、多くの領土を失い、彼の威光は地に落ちた。内戦は女神の怒りを買ったのだ。あのときは処刑台に送られていたとしても、けして不思議ではなかったのに。

だがどうだろう。女神は白の国に、世にも美しい月冠《げっかん》の使者を与えたのである。

ここ数年、毎日の朝議《ちょうぎ》が誇らしい。どこからもいい報告しかあがってこない。隣の黒の国《マヴロ》の疲弊《ひへい》ぶりはひどいありさまで、病死者や餓死者の数が増え続けているという。黒の国の王ザリラクスは心労で臥《ふ》せっているらしい。

それに比べて我が国はどうだ。

使者のおかげで、ふんだんな水、安全な火、豊かに実る作物。そしてなによりも驚くべき文明を手に入れたのだ。

(女神よ、感謝いたします。私にあのようなすばらしい使者をお与えくださったことを)

天井に描かれた宗教画を見上げ、ネルジェスはゆっくりと目を閉じた。

神託《しんたく》の島に月冠の使者が降り立ったとき、その姿を見た者たちの間には動揺が走った。白の国と黒の国、どちらが使者をもらい受けるか。黒の国のザリラクス王はためらっていたが、ネルジェスは心に決めていた。この使者は、自分のものにしてみせると。

あのときの自分の判断は正しかった。結果がすべてを物語っている。

臣下のひとりが、きびきびと報告する。

「月冠の使者ですが、本日は体調がすぐれぬため、朝議を欠席されると……」

「それは良くない。私の侍医《じい》を使者の部屋へ。薬師《くすし》も同行させろ。すぐに滋養のある食事を用意させるんだ。使者の好物の果物も忘れるな。退屈しのぎの楽団もいるな」

「大司教のガガージ殿が、すでに手配をしております」

「教会の医療技術は、使者いわく『時代遅れ』だ。ガガージの手配のほかにも、使者が望むものがあればすぐに用意させるんだ。朝議は中止し、私も使者の顔を見に行こう。祝福が使者の負担になるのなら、貧民層への供給は止めさせるべきだな」

「ですが、先日も水と火の供給が止まり、民《たみ》からは不平不満が……」

ネルジェスは眉をつりあげる。

「贅沢《ぜいたく》を言える立場なのかよくわからせてやれ。ろくに働きもしない愚民どもが。使者がいなければ、日々の生活もままならなくなるのだぞ」

民が困ろうがどうなろうが構わない。使者の健康の方が大事だ。

「楽団を呼ぶときは気をつけろ。くれぐれも使者の姿を見られないように配慮するんだ。いつも通り続きの間の扉越しに演奏をさせろ。よいな」

「御意《ぎょい》」

ネルジェスは長年、使者を表に出さないようにしてきた。

使者の実力が国中に知れ渡ってから——そして人々が使者の存在に心からの感謝の意を示すようになってから。少なくともそうでないと、月冠の使者を守ることはできないと。

民はもう使者のいない不便な生活には耐えられない。使者が理想通りの姿であろうとそうでなかろうと、受け入れざるをえないのだ。

そして、月冠の使者も気がつくであろう。

このネルジェスこそが、自分を表舞台に導いてくれた、唯一の「善《よ》き王」であることを。

(この使者を、叔父《おじ》ザリラクスに奪われてはならない。国が二国に分かれて初めての月冠の使者だ。その後次なる使者が現れず、ザリラクスは焦っているはずだ……)

灰《バイオン》の国であったとき、額《ひたい》に冠型のあざを持つ女神の化身《けしん》はひとりだけだった。白《アスプロ》の国と黒《マヴロ》の国に分かれた現在、使者の扱いがどうなるのか、誰にもわからないのである。使者の降臨はこれで最後なのか、それとも使者を得られなかった黒の国のために、もうひとりの使者が降臨するのか。女神は使者について、人々に新たな神託を与えることはなかった。

ネルジェスは、月冠の使者が白の国に留《とど》まってくれるというのなら、なんでもする心づもりである。

私は、女神の化身と共にあるにふさわしい王だ。

「月は赤く染まったまま。これは私の実力だ」

マントをひるがえし、ネルジェスは玉座から立ち上がった。

＊

レ・ジーン。息災に暮らしていますか。

あなたのご両親と名乗る方が現れました。これで何組目でしょうか。幼い頃からあなたの母親代わりをしてきたつもりですが、これればかりは、私に解決できる問題ではないようです。追い返してしまってもよかったのですが、今までの方々と比べると、身なりもきちんとしていらして、しっかりとした方のように見えます。

教会にたずねてきたのは四十過ぎのご夫妻で、ベグラムという街で暮らしていらっしゃいました。二十数年前、戦争の混乱に乗じて幼い息子が誘拐されたまま、行方《ゆくえ》がわからなくなった。あなたがその息子なのではないか——とおっしゃっています。

会うか会わないかはあなたが決めるべきでしょう。

これだけは忘れないでください。女神カルギリアスは、いつでも、そしてあなたが何者であろうと、変わらずにあなたを見守ってくださっています。


懐《なつ》かしい筆致《ひっち》に誘われるように、ジーンは久々に育ての親のもとへ顔を出した。

マザーはおちくぼんだ瞳をかがやかせ、ジーンを抱きしめた。

「ああ、ジーン。あなたは悪い仲間とつるんで、めったに私に顔も見せずに」

「悪いと思ってるよ。でも俺の意志を尊重してくれて助かってる。マザー」

祝福持ちは教会の庇護《ひご》下に——彼女のすすめをつっぱねたジーンだが、最終的にはマザーはそれを受け入れて送り出してくれた。教会からもジーンを寄越《よこ》すように要請があったはずだが、頑として取り合わなかったようだ。

「ダンも一緒なんでしょう。あの子も元気なの？」

「もちろん。今日も食える雑草探して歩いてる。俺からは帰る前に水をあげるよ」

「私たちのことはいいのよ。手紙に書いたご夫妻のこと。午前中からあなたに会いたいといらしていてね……」

マザーは心配そうに顔を曇らせたが、ジーンはもう成人した男だ。こういったことだって、別に初めてではない。

「どれ、顔でも見てみるか」

「なにかあったら呼びなさい。客人は礼拝堂にいます」

子どもたちのはしゃぎ声を聞きながら、ジーンはゆっくりと院内を歩いた。しみだらけでがたつくテーブルも、読み古された絵本も、風ではためく洗濯物も。ここを出ていって六年になるが、なにもかも変わらなかった。土塊《つちくれ》で作った人形が遊び場に並んでいた。

「ジーン！　なにしに来たの？」

「イオルか。お前はなにしてんだよ」

「洗濯物当番」

ジーンが出ていく日に鼻みずを垂らしてマザーの足にまとわりついていたイオルが、いつの間にか大きくなっている。シーツや毛布などの大きな洗い物も、なんなく干せるようになっていた。

「ジーン。親っていう人来たんでしょ？」

「ああ。まあ、偽者《にせもの》の可能性高いけどな」

「偽者なんてどうやってわかるの？　だって、親だって言われたら信じるしかないじゃないか？　ぼくら……」

孤児院の門前には、産着《うぶぎ》にくるまれたイオルが置き去りにされていた。捨てられていたイオルを発見したのはダンだった。ミルク臭《くさ》い、俺もミルクが飲みたいとマザーにだだをこねたのだ。

「顔が似てるとか、そういうもんでわかるんじゃないのか？　俺だって会ってみないとわからねえよ」

「じゃ、やっぱりあの人たちジーンの親じゃないな。全然似てなかったもの。お母さんの方なんて、美人だったし」

「どういう意味だよ」

「今日はダンいないんだ。ダンからは食い物、ジーンからは水がもらえて、食に困ることはなかったのに、ふたりとも出ていっちゃうんだから」

「食い物あんまりないのか？」

畑の作物の育ちがよくない。マザーも久々に見たら痩《や》せていたし、経営状況が気になる。ジーンが心配してたずねると、イオルは鼻の下をこすった。彼が嘘をつくときのお決まりのしぐさだ。

「別に。帰り、お水ちょうだいねー」

「調子いいやつ」

イオルを小突いて、薬草の植えられた小道を抜け、礼拝堂まで歩く。少ない稼《かせ》ぎの中から、ジーンもダンも孤児院に寄付していたが、焼け石に水のようだ。貧しい子どもたちが増える一方なのに、この国では大人は金を稼げない。

礼拝堂の扉を開けると、女神像の前に男女が立っていた。ふたりとも、はっとしたようにこちらを見つめている。

（……たしかに、今回も外れっぽいな。まあ、期待していたわけじゃないんだが……）

女性の方は感極《かんきわ》まったように手巾《ハンカチ》を目頭《めがしら》に当てている。ひげをたくわえた紳士が機嫌を伺《うかが》うようにしてたずねてきた。

「君が、レ・ジーン？」

「はい」

「マザーから聞いていると思うのだが、私はキーオンといいます。若い頃に生き別れた男の子を捜してるんだ。戦争当時に住んでいた村が占拠《せんきょ》されてね」

「それはお気の毒に」

「それで……息子には祝福の力があって、戦利品として連れ去られたんだ。私たちはベグラムで農園を営んでいるんだが、息子のことが忘れられなくてね」

祝福持ちは殺さずにとらえ、保護するように。戦時中にそのような命令が出されていたことは、ジーンも知っている。女神の加護を受けた彼らに手をかけることは禁忌《きんき》とされていた。

「息子のガレムは水の祝福持ちだった。収穫物を売り歩いているうちに、トーガに二十歳《はたち》くらいの水の祝福を持つ青年がいると聞いて……」

「でも、俺とあなたがたはちっとも似ていない」

「そんなことないわ！」

それまで黙っていた夫人が、急に甲高《かんだか》い声で口を挟んできた。

「ほら、ガレムもあなたと同じ茶色い目をしていたもの。それに夫とあなたは背丈《せたけ》も同じくらいだし……それから……」

「それくらいしかないでしょう」

ジーンはあきれたように言った。

息子と思い込みたいのかもしれないが。それにしては、迎えに来るのが遅すぎやしないか。海辺で拾われた時から、ジーンはこの土地を動いていないというのに。

「農園の経営が、苦しいんですか？」

キーオンはぎくりと肩をこわばらせる。

「正直、この手の話は今までにもいくつもあったんですよ。祝福持ちが家にいれば、いい金蔓《かねづる》になりますからね。教会に俺を売りつけるなり、祝福の力を商売に使ってひと儲《もう》けするなり。まあ三人にふたりは、俺が戦時中に誘拐された息子だって言いますね」

「いや、ジーンくん、私たちは……」

「本当に生き別れたご子息がいるのなら申し訳ない。でも多分、俺じゃないと思います」

――だって、彼女の面影《おもかげ》を感じない。

いつも見る同じ夢。靄《もや》がかかったようにはっきりとしないけれど、ジーンの記憶の奥底にたしかにいる、あの女性。

女神の衣《ころも》のそばで会える。あれはきっと、ジーンにゆかりのある人物だ。過去の記憶を探ろうとすると、あれだけうっとうしく訴えてくる頭痛ですら、今はずきりともしない。

「用件がそれだけなら、俺はこれで」

引き留《と》めようとする夫妻を振り切って、ジーンは歩きだした。

そう。水を出してやらなくては。孤児院の子どもたちのために。マザーとイオルに声をかけて、どこで力を使ったらいいのか、聞いてみないと……。

薬草園の小道を抜けようとした、そのときだった。

後頭部に強い衝撃を感じ、ジーンの意識は、そこで途絶えた。


――ねえ。この後、ドライブしない？

黒《マ》の《ヴ》国《ロ》中の蠟燭《ろうそく》に明かりを灯《とも》したかのような、幻想的な風景だった。

陽《ひ》はすっかり落ちているのに、無数の光で、まぶしいほどである。人々を呑み込まんとする巨大な建物がいくつも並び、自分たちを取るに足らないもののように見下ろしている。

――私、クルマ借りてきたの。ちょっとだけ。外の景色を眺めようよ。

ジーンはまぶたを震わせる。

なんだ、これ。

隣で弾《はず》んだ声をあげるのは、いつもの夢のあの女性。彼女は意気揚々《ようよう》とジーンの手を握る。彼女の瞳にうつった自分の顔は――。


はっと目覚めた。

射し込む夕焼けのまぶしさに目をすがめる。

どうやら意識を失っていたらしい。手首足首はロープでしばられ、口にはなにかを噛まされている。のたうちまわりながら、記憶を整理する。

たしか、親と名乗りをあげたキーオン夫妻と会って……ここは孤児院じゃないのか？　用心深くあたりを見回すと、どこかの路地裏のようだった。割れた石畳に蟻《あり》が這《は》い、空っぽの酒瓶が転がっている。果物や野菜のくずにねずみや害虫が群がっていた。ジーンはすぐにぴんときた。飲食店街の裏には、人の寄りつかない倉庫街がある。たまにダンがこのあたりから腐りかけの食べ物を拾ってくるのだ。おそらくトーガのスラムに移動させられている。

（くそ……まだ意識を取り戻せただけましだけど、この状況じゃ逃げられない）

キーオン夫妻はそんなふうに見えなかったけど、雑な犯罪に走るやつもめずらしくないってことか。今はどこも生活が苦しい。

「こ、こちらです。ここに隠しました」

聞き覚えのある声が近づいてくる。ジーンは耳を澄ませた。ひとりじゃない。三人、四人……。はじめからジーンを売り飛ばすつもりだったのかもしれない。

「こいつが祝福持ちか」

「はい。水の祝福の持ち主だそうです。しかも修道士じゃない」

「それはいい。祝福持ちに手を出すってだけでも気が引けるが、それが修道士様となったらなおさらだからな。おい、あんた。別に殺すわけじゃない。ちょっとその力を貸してもらいたいだけだ……」

キーオン夫妻が手引きしてジーンを呼び出し、さらったのか。金を受け取った夫人の顔は別人のようににやけている。

(生き別れた息子を捜しに来たというあの様子を見て、気の毒がっていたのがばかみたいだ)

ぐう、むう、と声にならない声でジーンは叫ぶ。祝福持ちを狙う黒布《こくふ》の男とは、こいつらのことだろうか。しかしタジラの言っていた、あの台詞《せりふ》は言ってこない。

――あなたはツカサか?

その言葉が脳裏をよぎった途端、こめかみがずきりと痛む。

「暴れる元気もなくしたか」

人さらいたちはほくそえむと、ジーンを大きな麻袋《あさぶくろ》につめこんだ。干し草と土埃《つちぼこり》まみれになる。どこかの農場から盗んできたものらしい。猿ぐつわのせいでむせることもできない。

「大丈夫。祝福持ちを集めている金持ちの変態ジジイがいるんだ。若い男の祝福持ちは喜ばれるぞ。一生楽して暮らせるさ。お前も、俺たちもな」

冗談じゃないぞ――なんとかしなければ。そうだ、この袋の中で祝福の力を使ってみたら……。

（だめだ、俺が溺れる）

　いざというとき、自分の身も守れずしてなにが祝福持ちか。そもそも、タジラは注意をしてくれていたじゃないか。この力を狙う者が現れるかもしれないと。もしかしたら、今度こそ本物の両親かもしれない。ありもしない期待にけつまずいたのだ。自分の弱さがまねいた結果である。

　ジーンがくやしげに眉を寄せた、そのときだった。

「なんだお前」

「わかった、武器は置く。だから命だけは」

「やめて、お金がほしいならあげる。乱暴しないで」

　人さらいたちの許しを乞う声が聞こえてきたのである。はじめは強気だった彼らも、すさまじい物音を経《へ》て、やがてすすり泣くような声をあげている。真っ暗な麻袋の中にいるジーンには、なにごとが起きたのか判断ができない。

（……なにが起きてるんだ……？）

　誰かが憲兵を呼んだとか？　この治安もなにもないような街で、住民の窮地に駆けつけてくれる憲兵などいたのだろうか。ジーンの知っている憲兵とは、酒場で女の尻を追いかけ、飲んだくれてのびている、体力だけが自慢のバカ者たちである。

（マザーやイオルが助けに来てくれたのかもしれない）

子どもと女だけで勝ち目のある相手なのかはわからなかったが、修道士たちを連れて探しに来てくれたとか。ダンやタジラもきっと一緒だ。自分はここにいると主張し、助けてもらわなくては。

ジーンはバタバタと体を動かした。足音がひとつ近づいてくる。

麻袋が開けられ、視界は良好になる。赤い月の光が、救出者の顔を照らしだした。

「ひゃんひゃは……」

猿ぐつわをほどかれ、ジーンはぜいぜいと息を整えてから、驚きの声をあげた。

「あんたは……また、俺あんたに助けられたのか？　なんだっけ、名前……」

「ルーシャだ」

黒髪に、つり目がちのするどいまなざし。間違いない。女神の衣に触れようとしたジーンを、止めてくれた男だった。

「助かった。さらわれるところだった」

まとわりついた土と干し草を払い、ジーンはため息をつく。そばには男たちがのびている。まだ顔にあどけなさが残る青年が、彼らを念入りに縄でしばっていた。

「あんた、いつも俺が危ないときに現れるよな。なんだか知らないけどすごい縁だな」

「……お前が粗忽《そこつ》なだけなんじゃないのか。レ・ジーン」

ルーシャの方は一度名乗っただけのジーンのことを覚えているようだった。

「全員捕らえました。これから憲兵に報告します」

「よくやった、アット」

アットと呼ばれた童顔の青年はジーンの方を向いて、にこやかに話しかけてきた。

「このあたり、祝福持ちを狙う犯罪が横行《おうこう》しているようなんです。私とルーシャは領主様から依頼を受けて、市内を巡回する任についています」

ふたりの腰には立派な剣がぶらさがっている。アットは領主のサインの入った手形を見せてくれた。彼らはいつもこの手形をたずさえて、立ち入り禁止区域や治安の悪化している箇所に出入りしているらしい。

「たまたま今日はこのあたりを巡回する日でしたので、運が良かったですね」

「そうなのか。領主に雇われているってことは、あんたら腕が立つんだな」

「といっても、剣の腕がたしかなのはルーシャだけです。私は怪我人《けがにん》の手当てをしたり、あちこちに聞き込みをしたりするだけ。ルーシャといるときにあなたを見つけられてよかった。危ないところでしたね」

私のこれは飾りみたいなものです、とアットは腰の短剣を揺らしてみせた。

「本当に、助かったよ。変態ジジイがどうとか言ってたからさ、そいつら。その、二度も助けてもらっておいてなんにも御礼しないわけにもいかないよな。憲兵にそいつら突き出したら、俺の家で飲もう、今度こそ。あ、その前に孤児院に水を譲る約束してたんだっけ……」

ジーンは己《おのれ》の手が震えていることに気がついた。偽親が現れるのは初めてではなかったが、そいつらにさらわれそうになったのは初めてだった。我ながら情けない。

ルーシャは眉を寄せる。

「あいにくだが、俺は酒は……」

「正直、このままひとりで帰って友達の前で普通にふるまえるかわからないんだよ。命の危機に瀕《ひん》してビビってる。忙しいところ悪いんだけど、一緒に来てくれたら気が紛《まぎ》れて助かるんだが」

ルーシャとアットは顔を見合わせた。

「もちろん、喜んでお招きにあずかります」

ルーシャが返事をするより先に、アットはにこやかに答えた。

「よくわからんやつだな。女神の衣は平気で触ろうとしてたじゃないか」

「自《みず》ら肝試《きもだめ》しするのと、強制的に肝を冷やされるのとは別なんだ」

ルーシャは苦笑して、ジーンの額《ひたい》を小突いた。

「痛い」

「眉間《みけん》に皺《しわ》が寄っている。それじゃ解ける緊張も解けない」

ジーンは額を押さえた。軽く小突かれただけなのに、頭痛はいつのまにか消えていた。


「では、ジーンがどこかから連れてきた、新しい友人たちとの出会いを祝して！」

密造酒をかたむけ、五人はめいめいに乾杯した。

水と大麦で作られたこの密造酒は、レ地区の住民がジーンのためにと持ってきたものである。彼の出す水を心待ちにしているスラムの民は、なにかいいものが手に入るとまっさきにジーンのもとへと運んできた。この持ちつ持たれつの関係は大変ありがたいもので、ジーンたちの生活を十二分に支えてきた。

「ルーシャは本当に飲まなくていいのか？」

「いや、俺は遠慮しておく」

「密造酒だからってビビってるのか？　体に害がないのは何年もこいつをたしなんできた俺が保証するぜ」

ダンが胸を叩くが、ルーシャはかたくなに酒に口をつけようとしなかった。

「十分貴重なものをいただいている」

彼が手にしているのはジーンが祝福の力で出した水である。

――結局、孤児院に水を分けてやれなかったな。

すでにあの孤児院にジーンが出入りしていることは明らかになっている。人さらいの仲間はまだ別にいるかもしれない。襲われた当日に戻るのはまずいとルーシャに説得され、ジーンはやむなく帰宅したのだった。

ひと息ついたら、無事に頭痛もとれて、祝福の力を使うことができた。くるくると回る透明の玉を見て、ルーシャやアットは驚いていた。

「祝福の力を見たのは久方ぶりです。こんなにすごいものをお持ちなのでしたら、しばらくは身辺の用心をされた方がいいですね」

アットは酒を口に含みながら、助言した。

「えーと、それで？　まず整理したいんだけど。マザーの手紙にあった親ってやっぱり偽者だったってこと？」

ダンは首をかしげている。

「そういうこと。それで帰りに、ちょっと面倒事に巻き込まれて、ルーシャたちが助けてくれたんだ」

「面倒事ってなんだよ。頼むからうちの家に来てくれって泣き落としの手に出られたとか？」

売り飛ばされかけたことは濁そうとしたが、ルーシャが間髪《かんはつ》を容《い》れずに言った。

「実は、ジーンが人さらいの被害に遭《あ》いかけたんだ」

ダンとタジラは同時に酒を噴く。

「で、でで出たのか！　黒布の男が！」

「あれってタジラの脅《おど》しじゃなかったんだな」

内緒にしておこうと思ったのに――じっとりとルーシャを見たが、彼は嘆息《たんそく》する。

「変に隠し事をしても、いずればれる。それよりも正直に話して、友人たちにも一緒に警戒してもらった方がいいだろう」

「そうだけど」

「なんだよ、隠すつもりだったのかよ。水くさいじゃないか」

ダンは口をとがらせる。タジラはずり落ちためがねの位置を直した。

「で、そいつはやっぱりタジラの怪情報通り、黒布をかぶっていたってわけ？」

「いや、黒布をかぶってはいなかったし、変な呪文みたいな台詞も言わなかったけど

「……」

「いやよく無事に帰ってこれたな。それでまだこうして水も出せてるんだし」

「そうなれば、ルーシャとアットには俺たちからも感謝しないと」

ふたりはルーシャとアットに向かって、へこへこと頭を下げる。

「気をつけろよー。やたらあちこちで祝福の力を使うなって言ってるだろ。案外ゴーザイの親父あたりがどっかにタレこんだんじゃないのか」

タジラの言葉に、ジーンはぎくりと肩をこわばらせる。ゴーザイの親父が犯人と関係があるとは断定できないが、頼まれたら断れずにあちこちで水を分けて回っていたのは事実だった。

「それで、おふたりは危機一髪のところで、ジーンを救ってくださったと」

タジラに水を向けられ、アットがそつなく答える。

「はい。運良くジーンさんを見つけられて良かったです。彼がとらわれていた路地裏は立ち入り禁止区域で、めったに人も寄りつかないですから」

ルーシャは注意深く言った。

「外出は控えた方がいいだろう。このあたりは祝福持ちにとって危険な場所になってしまった」

「だって、犯人はふたりがつかまえたんだろ？　もう別に出歩いたっていいんじゃ……」

「あの現場にいた人間が、祝福持ちを襲い続けてきた犯人とは限らない」

ルーシャはいやに断定的だった。

（まるで、犯人は別にいると知っているみたいな……）

人さらいと、噂にのぼった黒布の男の特徴が一致していないのは事実だが……。

「だが、外に出なきゃ金は稼げないぜ。なんとかしないと生活がかつかつだ。孤児院だって結構経営苦しいみたいだし……自分が育った場所を見捨てられないよ。少なくとも明日は孤児院に行かないと。イオルたちのことも心配だし」

「自分の心配をしたらどうなんだ。孤児院のことは他の者に頼めないのか」

「まあ、ルーシャさんよ。俺たちの生活って自由気ままな暮らしといっちゃ聞こえはいいが、実際のところため込んでいる財産もないし、仕事がないときはそこらの草食べたり炊き出しに並んだりして、なんとかしている有様なんだ。お貴族様みたいにしばらく外に出ないってわけにはいかないぜ」

ダンが代弁してくれる。もちろん、孤児院へは俺が代わりに行くけどよ、と彼は付け加えたが、自分たちも生活が苦しい中、ない袖《そで》は振れないのであった。

「働かなくちゃあ。黒布の男だっけか？　祝福持ちを狙うバチ当たりなやつに構ってたら生活できねえよ」

ルーシャは深くため息をつく。

「そうは言ってもだな……」

「それでしたら、あのお仕事を紹介されてはどうでしょうか」

アットは明るい声で提案した。

「仕事?」

「そうです。神託の島への荷運びの仕事ですよ。明るい時間に、港で大勢の修道士たちと一緒に働く仕事です。当日は私たちも一緒に荷物の警備にあたるので安心ですよ。ジーンさんの場合すでに祝福持ちとして有名人ですし、この住まいも割れている可能性がありま す。家にずっといるよりは、大勢でジーンさんの周囲を警戒した方がよほど安全かもしれません。給金もけして悪くはありませんし」

アットが言うには、荷運びの仕事は二日で五十ナルク。二週間分の食費と同じくらいの金額だ。まかないもついて、うまくすれば追加の荷物の運搬《うんぱん》も発生し、それ以上の手取りになるかもしれないとのことだった。

「すごく好条件じゃないか」

ジーンたちは驚いた声をあげる。

「あまりにも条件がいいので、求人を公募してはいないんです。争いのもとになりますからね」

「そりゃそうだ。この間の墓掘りの仕事なんて、いくらだったけか、タジラ？」

「一日五ナルク、それも出し渋られた」

「二日間、私たちと一緒に働いて、お給金を受け取る頃には今より状況は落ち着いていますよ。ダンさんやタジラさんも一緒に仕事をしたらいい。夜ここに戻ってからが心配でしたら私たちから事情を話して、三人とも一時的に教会に寝泊まりできるよう取り計らいますし」

「なにからなにまで悪いな、アット」

「乗りかかった船ですから」

「でも一日五十ナルクって破格の報酬だよな。結構きつい仕事なんじゃないの。僕は体力自慢ってわけじゃないから心配なんだけど」

小柄なタジラが遠慮がちに言う。

「黒の国《マヴロ》から神託の島へ向かう船は、実のところそんなに多くない。船を操れる聖職者が年々減っているのでな」

ルーシャがぽつりと言った。

「なぜ聖職者が減っているんだ？」

「神学校がどんどん廃校に追い込まれている。経営難なんだ」

大きな船に乗りたければ、神父様になりなさい。

そういえば、幼い頃はマザーにそう言われたっけな、とジーンはやたらと固い干し肉をかじった。

「造船所も閉まってる。船を造る資金もない。この国はもうぎりぎりだ。カルギリアス教の教えは、もはや国家そのものよりも重要なのに、そこに金をかけられない。ザリラクス王は国が崩壊するのがわかっていて静観しているようなものだ」

「ザリラクス王はなぜなにもしようとしない？」

「なにかしようという意欲がもうないんじゃないか。ずいぶんと高齢だしな」

ダンがあぐらをかく。

「今考えても不思議なんだけど、なんで船を操縦できるのは修道士たちだけなんだ？」

「それは僕から説明してやろう」

タジラは居住まいをただし、もったいぶってから口をひらいた。

「そもそもこの白の国《アスプロ》と黒の国《マヴロ》——まとめて昔ながらの呼び名で灰の国《パイオン》としようか。この国の周りに不思議な大渦ができているのは知っているかな？」

「はい！　女神様が他国の侵略から守るために、灰の国の周囲に強烈な流れの大渦をいくつもお造りになったのです！」

「正解だ、ダンくん。褒美に手元の干し肉をかじるといい」

「お前の干し肉をくれるんじゃないのかよ」

　とたんにつまらなくなったらしく、ダンは大あくびをしてから寝っ転がった。

「他国が灰の国に近づけないよう、海がよく見渡せる天より、女神は見守ってくださっているんだ。灰の国のそばには天にもっとも近いと言われている小島がある。『神託の島』。ご存じの通り、女神カルギリアスを信じる者たちにとっては一番の聖地。使者が降臨するのもこの島だ。そしてこの聖地を管理するのは教会の役目だ。だが、聖地っていうとみんなありがたがって行きたがるし、いっそ聖地に住み着いてやろうとするやつらもいるだろう。そこで教会は考えた」

「聖地を気軽に行ける場所にしないことが、手っ取り早い管理方法であると……そういうことだよな？」

　ルーシャが答えると、「まさしく正解」とタジラは肉をしゃぶりはじめた。

「そもそも特殊な大渦のおかげで、よほどの腕がないと、我々は海を渡ってどこかへ行くというのは不可能なんだ。ちょっとやそっとのもんじゃない、専門的な航海術を学ぶ必要がある。船を操る技術もな。航海術を学べるのは神学校に入学した者――もっと言うと、船に乗る資格があると判断された、ごく一部の優秀な生徒だけ。造船技師や整備士も同じくで、神学校の特待学級出身の者たちしかなれない。この国の造船所という造船所は教会の特別な人材で占められているんだ。門外不出の知識を教えるんだから、身元もしっかりしてそうな人物だね。まあ、灰《パイオン》の国特有の仕組みかな」

「なぜ俺たちの国特有なんだ？」

「船っていったら、貿易や軍事の要《かなめ》だからな。他国と国交があったり、戦争をやるとなると必要不可欠なものなんだけど、灰の国は攻め入られることもないかわりに、外に打って出ることもできないんだ。船の管理を軍事や経済から切り離して教会に任せている国っていうのは、実は他にない」

「へえ」

「国内の移動にもあまり使われない。うっかり迷って大渦に巻き込まれたら大惨事だからな」

　船に乗る理由が聖地への上陸以外にないのである。漁業をしようにも、大渦のせいで食べられる魚がわずかも獲《と》れないのだ。修道士たちがごくまれに食べることのできる魚を獲ってきたときは、女神からの贈り物としてそれは大切に食べられた。

「そういや、海からは食い物の気配がしない」

「そうだろ？」

アットは控えめに右手をあげてみせた。

「あの……食い物の気配ってなんですか？」

「気にしないでくれ。どんな状況でも害虫並みに食えるものを探し出すのがこいつの特技なんだ」

「へえ……」

タジラは咳払《せきばら》いしてから続けるぞ、と他の四人を見渡した。

「我が国の修道士の仕事は、奉仕活動やお祈り、教会の運営だけじゃない。聖地への架け橋がわりになることだ。神学校がぶっつぶれるっていうことは、神託の島へ渡る『橋』を支える人材がいなくなるということを意味しているというわけさ」

「昔は神学校に行ったら船に乗れる、って聞いてちょっとその気になりかけたこともあったけど、行き先が神託の島だけだと聞いてがっかりしたっけ」

そんなつまんなそうなところ行きたかねえわ、と答えてマザーにこってりしぼられたのも、今となってはいい思い出である。

「神託の島に行けるのは、一部の身分のやつらだけだろ？　別に必死こいて船に乗れる奴増やさなくてもいいんじゃないのか?」

「聖地が、黒の国《マヴロ》の信者にとってだけの聖地ならな」

ルーシャが険しい顔をする。

「国が割れたからといって、聖地まで割れたわけではない。聖地だけは、かつての灰の国《パイオン》の共同自治下にある。これがどんなに危険な状況か。すでに月冠の使者は白の国《アスプロ》のものになってしまった。黒の国のザリラクス王は現状動くつもりはないようだが、いずれひとりの使者を二国が奪い合うことになるかもしれない」

「黒の国のために新しい使者が降臨することはないのか?」

「それに関しては誰にもわからない。新しい使者が現れないかもしれないし、現れるかもしれない。現れたとして、黒の国のものになるかもわからない」

そんな状況の中、聖地へ入れる人員が減ればどうなるか。新しい使者が降臨したとしても、多勢に無勢で白の国に奪われてしまう可能性がある。

「万一、白の国にふたりめの使者を奪われたり、人質に取られたりしてみろ。黒の国は言うことを聞くほかなくなる。まあ、白の国が女神の罰を恐れなければの話だが……。こういった事情もあり、島を守るのは国防の最優先事項だ」

「そんな考え方もあるのか。ルーシャ、お前ってお偉い政治家さんみたいだな」

「……」

　屈託なくジーンが言うと、彼は黙り込んでしまった。まずい、なにか言ってはいけないことを口にしてしまったのか。

「難しいことをごちゃごちゃ言ってるけど、神託の島ってうまいものがあるのかなあ。それだけが気になるぜ」

「ダンはいっつも食い物のことばかりだな。聖地って食堂じゃないんだぞ」

「食わなきゃ戦《いくさ》には出られないのよ」

「戦しないために女神は特殊な大渦を作ったって言ってるだろ。話聞いてんのかお前は」

　アットが右手をあげた。

「それで、航海士が不足し、造船所でも人が増えないせいで、出航する船は例年以下の隻数になりそうなのです。その分、一隻あたりの荷物自体は増えると思います」

「どういうことだ？」

「月冠の使者が、とうとう祭典に姿を現す。今はその噂でもちきりだ」

　ルーシャの言葉に、タジラは前のめりになる。

「本当かっ⁉　月冠の使者が、とうとう⁉」

「えーと……月冠の使者って、降臨してから一度も姿を見せたことのないっていう、タジラが言っていたあの……？」

「醜女《しこめ》の使者だろ？」

酔っ払ったダンがむにゃむにゃとそう言うので、アットが一瞬噴き出しそうな顔をしたが、すぐに表情を元に戻した。

「白の国《アスプロ》を様変わりさせたという伝説の使者さまかあ。見てみたいけど、一般人は船には乗れないからな。教会関係者か、王に同行を許された貴族階級の人間じゃないと無理……」

タジラは深いため息をつく。

ジーンがなぐさめるように彼の肩を叩いた。

「そのうち教会に記事が貼り出されるよ。祭典のときはいっつもそうじゃないか。そこにどんな使者様だったか載《の》るんじゃないの」

「そんな、教会関係者が脚色しまくった記事にいったいなんの価値があるっていうんだ！　僕が見たいのは、生の、ありのままの、月冠の使者なんだ！　貴重な実地資料なんだよ」

「ずいぶん熱いんですね、この人」

「放っておいてやってくれ。熱すぎて学府を追い出された研究員なんだ」

へえ、とアットは感心したようにうなずいた。

「でも、もしだよ。もし荷運びの仕事をもらえてさ、うまいことといったらさ……」

「荷にもぐりこんで聖地に上陸しようとするのはおすすめできない。見つかったら終わりだぞ。聖地関連に教会側の神経は異常なくらい過敏になる。終身刑も大げさじゃない」

「ご忠告どうも」

ルーシャに脅《おど》かされ、タジラは降参とばかりに両の手をあげた。

「ただ、修道士たちは祭典に向けて何度も黒の国《マヴロ》と聖地とを行き来している。彼らから、表に出ていない情報は拾えるかもな。俺たちも造船所につとめているやつからちょっと小耳に挟んだんだ。そいつはとある貴族の大金持ちから依頼を受けて、船室に特別室をあつらえるようにと言われたそうだ。やんごとない身分の方を招待したときにもてなしができるような……」

外から見えないよう、窓は厚手のカーテンで覆《おお》って。革張りの長椅子に、船が揺れてもびくともしないように固定されたテーブルや書棚。ワインを入れられる貯蔵庫や、楽士の控え室……。

「祭典の前になると、ついでに船を改修したいという依頼は増えるそうだが、立て続けに何件も多少予算的に無理をしたとしても豪勢にしたい、という依頼だ。なにかあると思って間違いない。貴族たちにとって祭典は、政治や宗教とはまた別の意味で重要だ。白の国の人間との交流の場でもあるからな」

ジーンは疑問を口にする。

「俺はよくわからないんだけど、今、白の国《アスブロ》と黒の国《マヴロ》は分断されてるだろ？　それで神託の島でだけお互い会えるんだよな？　わざわざ船をきれいにしておもてなしする必要ってあるのか？　一年後にまた神託の島で会っても、相手に忘れられてるかもしれないじゃないか」

「女神の衣がいつまであるかわからない。もしかしたら明日にでも女神の気まぐれで壁が消えて、国交が復活するかもしれない。そうしたら黒の国にいた連中は、白の国の連中と比べて貧乏人ばかりだ。何かあったときのために、白の国のお偉いさん……特に今はネルジェス国王や月冠の使者に……取り入っておくに越したことはないんだ」

「そういうもんかねえ」

金持ちというのは、常に最悪の事態を想定して行動する。今の財産を失い、権威を失い、逃げ場を失う自分を想像している。そのために打てる手は打っておき、その最悪の事態に備えようとする。

いつも気ままなその日暮らしのジーンにとっては、考えもつかない……。

（と、いうわけでもないのか……？）

どこかで感じたことがあるような気がする。今持っているものが、全部水の泡になったら。みんなが自分から離れていったら。いや、いっそのこと、そうなってしまったときの自分を、知ることができたら……と。

「おい。ジーン。話聞いてんのかよ」

ダンに足で小突かれ、ジーンは我に返った。

「悪い。なんだっけ」

「そんで、月冠の使者様が現れるっていうから、ひとつの船に多くの貴族が乗り合うことになって、そのぶん荷物の運搬も楽になるだろうって、ルーシャが言ったんだよ」

ルーシャはうなずいた。

「そういうわけだ。二日間、俺たちと共に働こう。気が進まないかもしれないが、それまでは教会の庇護下に甘んじていてくれ。また祝福持ちになにかあったら、俺たちも雇い主の領主様に叱《しか》られるのでな」

「わかったよ」

「用心のためです。本日から教会に寝泊まりされるなら、荷物をまとめるのを手伝いますね」

アットがてきぱきと動きだす。

（しかし、このふたり。領主様に雇われた傭兵《ようへい》にしては、なんかちぐはぐな気がするんだよな）

ルーシャはそこらの憲兵よりも立派に見えるし、アットの所作《しょさ》は音もなく優雅だ。それに言葉の調子も、ところどころおかしい気がする。単語によって語尾がはねたり、さがったりするのだ。

しかし彼らの持っている手形は本物である。領主のサインは孤児院のいたるところに見受けられたので、ジーンは本物かを判別することができた。トーガの領主はよく孤児院に食糧や衣服を贈ってくれたのだ。ジーンが孤児院を出るときも、その身元を保証するために手形に署名してもらっている。

（まあ、領主様のお墨付きがあるなら、大丈夫だよな）

人さらい事件のせいか、自分は少し猜疑心《さいぎしん》が強くなっているのかもしれない。

「眉間《みけん》」

ルーシャに人さし指と中指で眉間を押される。

「また頭痛になるぞ」

「ご忠告どうも」

額をさすり、彼らを疑っていたとも言えないジーンは、気まずそうに笑うほかなかった。

*

「先ほどのはどういうことだ」

ルーシャがたずねると、アットはなんでもないことのように言った。

「レ・ジーンに職を斡旋《あっせん》したことですか？　その方が都合がいいと思ったまでです。ああいった輩《やから》は止めても外に出ますよ。ならば目の届くところにいてもらった方がよい」

「船の荷運びの仕事なんて……」

「ザリラクス王から教会に手を回してもらって、あたかもそういった求人がもともと存在していたかのように見せかければいいんですよ。黒の国《マヴロ》では政府も教会も同じ脅威に立ち向かわなくてはならない。それくらいの連携はいとも簡単でしょう」

「それはそうだが……」

アットは時折、こちらが驚くような大胆な行動をとることがある。いっけん常識人に見えて、実はルーシャよりも奔放《ほんぽう》に動き回るのだ。そうでなければルーシャについて、こんなところまで付き合ってくれたりはしないのだろうが。

「それに、あの人さらい集団と黒布《こくふ》の男とは無関係です。となればレ・ジーンはまだ被害者になりうる可能性が十分にある。多少脅かしてでも、教会に寝泊まりさせた方が安心です。我々としてもずっとレ・ジーンばかりを見張るわけにはいきません。黒布の男の力をかんがみれば、被害者がトーガの祝福持ちにとどまらないともかぎらない。黒の国《マヴロ》全体に脅威が広がるのは時間の問題です」

「祭典では確実にかたをつける。本来ならばその前にあいつを仕留められたらいいんだが」

「……今の我々では力量の差がありすぎます。神託の島で決着をつけることになるでしょう」

まあ、何か幸運が起こるかもしれないですから、とアットはさしたる期待もなさそうに口にした。

＊

行きつけの酒場で、五人はめいめいに乾杯をした。

「いやあ、しかし結局のところ追加の仕事にまで恵まれて四日も働けるとはなあ。そして手元に入ってきた賃金は孤児院に寄付した分をのぞいても六十四ナルク。これは相当儲けちまったぜ」

ルーシャの紹介によってありつけた仕事は、アットの提示した条件に嘘偽《うそいつわ》りはなく、三人の懐《ふところ》を一時的に潤《うるお》した。誘拐未遂に遭うという恐ろしい体験をしたジーンだが、港で体を動かすことで気もまぎれた。受け取った給金のうち半分を孤児院に寄付することにしたが、ルーシャがかけあってくれて、立ちあった貴族たちからも寄付を募《つの》ることができた。

「マザーや子どもたちも喜んでたし。ルーシャ、アット、ありがとな」

「俺たちは別に……」

「当然のことをしたまでです」

言いよどむルーシャをよそに、アットがきっぱりと胸を張った。

「そうだぞ、ルーシャ。謙遜《けんそん》すんなよ。本当に俺たち助かったんだから」

「そこらで腐った黒パン探さなくて済むよな」

「本日の主賓《しゅひん》！　今日こそ飲んでもらうぜ」

ダンは器になみなみと酒をそそぐ。ルーシャはそれを引きつった顔で受け取っていた。

「まあまあ。ここは私が飲みますよ」

アットが横から器を奪い取り、ぐびりといっきに飲み干した。

「大丈夫か？　相当強い酒だが」

「平気です。私は昔から不調法なほうではないので」

　以前家に呼んだとき、アットはくちびるをしめらせる程度しか酒に口をつけなかった。

もしかして、いっさい飲まないルーシャに遠慮していたのか。

　ダンがルーシャの背中を力強く叩く。

「お前こんなちっこいやつに気をつかわせてどうするんだよ。ぐびりといけぐびりと」

「そうだぞ。酒をたくさん飲めばな、女神像がさらに美人に見えるってもんだよ」

　ダンとタジラが悪がらみをするので、ジーンはあわてて彼らを制する。

「おい、こういうのは無理強《じ》いするもんじゃ……」

「俺たち、ルーシャの骨折りには感謝してるんだよ。その感謝のしるしのおごりなのに飲まないっていうのか？　うん？」

「やめろって。嫌がってるやつに無理に飲ませるな。ルーシャ、こっち飲んどけ」

　ダンとタジラは酒を飲むと分別がなくなるから困る。ジーンが水の器を差し出すと、ルーシャはしかめ面《つら》で受け取った。

「しかし、ここの酒は強いな。俺も水が飲みたくなってきたわ……」

　水差しから同じものを注ぎ、ジーンも口をつける。それからはっと目を見張った。

「間違えた！　悪いルーシャ、これ水かと思ったら酒だった……」

ルーシャの白い肌が、ざくろのように赤く染まってゆく。まずい。ジーンが腰を浮かせるのと、ルーシャが倒れるのは、ほぼ同時だった。

「ルーシャ!!」

ダンとタジラは「演技上手！」とげらげらと笑いながら、アットに骨付き肉を無理矢理食わせている。

「ルーシャ面白いな！　酒飲んだらすぐひっくりかえる鉄板ネタか？　そういうのせいぜい二回くらいしか使えないやつなのによくここでやったよ！　その度胸に乾杯！」

「いや、ルーシャは本当に」

「細っこい体して、これでも食えアットト」

「ちょ、放して、放してください」

「いや、ネタとかじゃなくて本当に倒れてるって……」

ジーンはルーシャを背負い、立ち上がった。酒場の喧噪《けんそう》と熱気、むせかえるような暑さ。このまま悪酔いした者を放置しておくわけにもいくまい。ますます気分が悪くなりそうである。

「アット、悪いな。女神の衣の近くなら静かだし、休ませてくるわ。これ俺のせいだし」

「あの」

「平気だよ。この酒場のすぐ裏で風に当たるだけだ。落ち着いたら戻ってくるから」

それより飲もうぜ、とダンに肩を抱かれ、アットは仕方がなさそうにため息をついた。

「なにか異変があれば知らせてください」

「わかった」

ルーシャはジーンの肩に頭をあずけてうめいている。

(普段はしっかりしているくせに、こういうところもあるんだな)

細い裏道を抜けると、ほどなくして女神の衣が見渡せる丘にたどりつく。このあたりの人間しか知らない近道だ。丘のてっぺんはなにひとつない野っ原であるが、建物や背の高い木々を見下ろすことができた。女神の衣をながめるにはうってつけの特等席である。

そばにはとっくの昔に止まった時計塔。からくり式で、どういう仕組みで動いているのかも謎だった。大昔に使者がいたころ、あの時計も正確に動いていたというのだから、祝福の力で動くからくりだったのかもしれない。

丘の上にルーシャを寝かせると、ちょうどよい風が吹いてきた。夜風をあびて、ゆっくりと目を閉じながら、ジーンも少しひと休みすることにした。

目を閉じ、ゆっくりと呼吸をする。いつかどこかで見たような女の姿が、ぼんやりと浮かび上がってくる。女神の衣をすり抜けたら……そのときは――。

「起きたか」

眉を寄せ、苦しそうに寝返りを打つルーシャ。背中に張りついた草や土を払ってやる。

「お前すごく酒が弱いんだな。次から無理して俺たちに付き合わなくていいぞ。なにかあったら大変だし」

「悪い……しばらく飲んでないけど、まあ大丈夫かと思ったんだ……」

「しばらく飲んでないなら、なおさら体がびっくりするからやめておけよ。まあもう遅いけど」

「アットは……？」

「ダンとタジラにつかまってる。そこの坂降りたらすぐ酒場だけど、どうする？」

「いや、もう少し休ませてくれ」

「そうしとけ」

赤い月が不気味に光っている。ルーシャはあの調子だが、訊くなら今しかない。

「あのさ……お前って、もしかして白の国《アスプロ》から来たのか？」

びくりとルーシャの肩が揺れる。

ああ、やっぱり。こいつは意外と嘘のつけない人物である。酒のせいなのか、それともジーンが思っている以上に、ルーシャが自分に心を許してくれているのか。

「聞き流してくれて構わない。俺はさ……親がいるのかとか、きょうだいがいるのかとか、そういうことがいっさいわからないんだ。子どものときにここへ流れ着いて、教会に保護された。海岸に打ち上げられていたんだそうだ。水をたくさん飲んでいて、死んでいてもおかしくなかった。無事だったのは水の祝福持ちで、女神の加護があったからじゃないかって言われてた。親を捜したけれど見つからなかった。名乗りをあげてくるのもこの間みたいな金目当ての偽者ばかりで……」

ルーシャはこちらに背を向けていたが、深く息をついた。聞いてはくれているらしい。

「女神の衣を見ると胸がうずいた。誰かが俺に呼びかける声が聞こえる気がした。目を閉じればぼんやりとだけど、姿が浮かび上がった。女の人で……見たことのない服を着ていて、俺とどういう関係かはわからない。もしかしたら……あの壁の向こうにその人がいて、白の国《アスプロ》から俺は流れ着いたんじゃないかって思うんだ」

「それで、捜しに行きたいと？　そのために女神の衣に触ろうとしていたのか？」

「そう。ばかげた行動にでたことをダンとタジラにはばらさないでくれて、ありがとな」

「別に……」

ルーシャはなにかを口ごもっていた。

「水、飲むか？」

ちゃっかりと酒場から拝借してきたグラスを手に取り、ジーンは祝福の力で水を出してやった。彼は黙ってグラスを受け取り、いっきに飲み干した。

「相変わらずうまいな」

「どうも」

「白の国の文明ってさ、こっちよりもずいぶん進んでるんだろ。じゃあ服も俺たちが着てるみたいなぼろじゃなくてさ、上等なもん着てる人ばっかりなんだろうな。毎日うまいもん食ってさ……黒の国《マヴロ》じゃお目にかかれないようなめずらしい催《もよお》し物があったりするのかな。こっちに使者がいればな。俺も黒の国に流れ着いてしまって運がないぜ。ダンやタジラと会えたのはよかったけどさ……」

「そんなにいいものじゃない」

　グラスをかたむけ、くちびるをぬぐうと、ルーシャは顔をしかめた。

「このあたりのやつらは白の国をまるで楽園かなにかのように語るが、実際はここよりもひどい地域はたくさんある。白の国の民は、こんなゆがんだグラスのひとつも自分で作ることができない。自分の意志で、なにかを選び取ることはできない。徹底的に管理されているから……」

「管理？」

ルーシャははっとしたようだった。

「悪い。飲み過ぎたみたいだ、忘れてくれ」

「待てよ。誰にも言わないから。お前やっぱり、白の国《アスプロ》から……」

ぎぎぎ、りん。

ふたりは耳をそばだてた。

二十年以上止まったままのはずの、時計塔の針が、ひとつ進んだ。

「なにごとだ……？」

突風が吹きつける。ルーシャは目を見開き、なにかを叫んだ。ジーンは彼に突き飛ばされて尻餅《しりもち》をつく。

赤い月が、闖入者《ちんにゅうしゃ》を照らしている。

こちらを見下ろすひとりの男。その顔は黒い頭巾《ずきん》で隠されている。

「あなたはツカサか？」

低い声でたずねられ、ジーンは身震いした。

（本当かよ。タジラの言っていた怪情報って……）

祝福持ちを襲う、謎の男。まさか実在するなんて。

「逃げろ、ジーン!!　たぶん狙いはお前だ！」

「そんなこと言ったって」

男は手に炎をまとった。祝福の力だ。容赦なく腕を突き出され、上着が焦《こ》げる。ぶすぶすといやな匂《にお》いが広がった。

ルーシャが足払いをして、黒布の男は地面に倒れ伏した。フードがめくれあがるのと、赤い月が雲間から顔を出すのは、ほぼ同時だった。

突然、するどい頭痛がジーンを襲った。

謎の女の顔が浮かび上がった。そして黒布の男の顔が重なり合う。

あなたは、ツカサか。

その問いは痛みを伴い、彼の頭にまとわりついた。がんがんと頭蓋《ずがい》がひび割れるような痛みがして、立ち上がることもできなかった。

――この男は。

この男は、いったい何者なのだ。

黒布の男は、自分とそっくり同じようにへたりこみ、頭を押さえている。ふたりはまるで共鳴し合うかのように互いを見つめていた。

やがて、先に動いた黒布の男がジーンの首に手をかけようとした、そのときだった。

「久しぶりだな、俺を無視するなよ」

ルーシャが男の後頭部をつかんだ。

「白の国《アスプロ》だけじゃ飽き足らず、黒の国《マヴロ》でまで力を奪って回っているのか。俺がいなくなっても、お前は相変わらずなんだな。——月冠の使者よ」

ルーシャはすらりと剣を抜いた。

「感謝する。この場にのこのこ現れてくれたことにな」

黒布の男は、涙のにじんだ顔でルーシャを見上げる。なぜこいつは泣いているんだろうと、ジーンはぼんやりと思った。痛みのあまり意識がもうろうとしていた。気がつけば、首筋に生ぬるい水滴が這《は》っていた。——己の涙だった。

ジーンと黒布の男は、互いの姿をその瞳にうつしだし、互いに涙を流していたのだった。

この涙は、耐えがたい痛みのためにこぼれ出たものか。それとも。

ルーシャの剣の切っ先が、男のかぶり物に触れる。切り裂かれた黒布の下から現れたのは、人形のように整った顔だった。

淡い栗色の髪に白い肌、ぱっちりとした二重《ふたえ》の瞳。そして額には、月をかたどった冠型のあざが浮かび上がっている。

黒布の男は己の手に炎をまとい、ルーシャを振りはらった。

「あんたが、ツカサのそばにいるなんてね……ルーシャ。とっくに死んだかと思っていたのに」

　よろめく月冠の使者に、ルーシャは思わず手を差し伸べようとしたが、思い直したようにそれを引っ込めた。

「国境を越えるのを、ガガージは許したのか」

「うるさい……」

「こんなことはもうやめろ」

　ルーシャは、怒りのにじんだ声音で言った。

「これ以上他人から奪い続けることを良しとするなら、俺はお前を殺さなくてはならなくなる」

「弱いくせに!!　殺せるものなら殺してみなよ!!」

　ルーシャが剣を振るうと、男――月冠の使者は、手のひらから生み出した炎で彼の袖を燃やした。彼は舌打ちをして、火を叩き消そうとする。そのすきに、月冠の使者は指を鳴らした。彼の姿はまたたくまに消えてしまった。時計の針は再び止まり、後には静寂《せいじゃく》だけが残された。

　糸を引くように痛む頭を押さえ、ジーンはたずねた。

「おい……さっきのやつ……何者なんだ?　月冠の使者って、どういうことなんだ……？」

間違いない。

彼は自分の出生の秘密に、なにかしら関係のある人物だ。彼の顔に、夢で見る女の顔が重なって見えた。

「……ひとまず、みなの所へ戻ろう。長い話になるだろうから」

ルーシャは、覚悟を決めたようにそう言った。

Apostle of The Moon Crown
Chapter III

第三章　月冠の使者

祈りのために、鐘が鳴る。

いっとう高い丘の上に建つ城が見下ろすのは、坂に沿って段状に建てられた、純白の建物たち。波のしぶきを浴びてきらきらと連なる光のように、それらは太陽の光を受けて輝いている。その景色を、月冠《げっかん》の使者は見るともなく見ていた。

露台《ろだい》から街をながめる。ここは彼にとって、秘密のお気に入りの場所だった。

初めてこの景色をながめたときは、ヨーロッパの海沿いの街をおとずれたかのようで感動した。学生の時に見た、ミュージカルの『マンマ・ミーア』。サファイアブルーのような海と、カラフルな洗濯物に、真っ白な建物。ここは映画のセットのようだ。

窓という窓を塗り込められた窒息《ちっそく》しそうな離宮《りきゅう》を出て、この景色に出会ったとき、初めて自由になったのだと実感した。

私は、この身に宿した力で、本当の自由を手に入れたのだ。

教会の鐘は午後の祈りの時間を告げていた。使者が降臨してからというもの、新たにさだめられた決まりだった。使者が降臨したときとぴったり同じ時間に鐘を鳴らし、女神カルギリアスと月冠の使者のために感謝の意をあらわすこと。国民たちは忠実に従った。

風が髪を乱す。月冠の使者は左手で髪をなでつけた。銀の月と赤い石のついたブレスレットが、しゃらりと揺れた。

「月冠の使者よ、やはりこちらでしたか」

「ガガージ」

大司教のガガージは腰を折った。

「民《たみ》の祈りは届いていらっしゃいますか。みなが月冠の使者の、体調を慮《おもんぱか》っての祈りでございます」

月冠の使者はつんとあごをそらす。

「ダカマ地方から明かりを消します」

「ですが」

「あいつらは私を『異端だ』と蔑《さげす》んだ。表向きはへいこらしていても、すぐにわかる。神父の視線が気に入らなかった。私の怒りを買うことは、女神の怒りを買うことと同義よ。明かりを消すわ。次は水よ。態度を改めないのなら、私は手段を選ばない」

水鏡に姿をうつしだす。

柔らかな栗色の髪。透き通るような白い肌。ぱっちりとした二重《ふたえ》の瞳に、うすいくちびる。

これは私の理想だ。ずっと前からこの理想の形がほしかった。

まさか、まるごと自分のものになるなんて、思いもよらなかったのだけれど。

「——あなたが男性であることなど、もう誰も気にしたりいたしません」

ガガージの言葉に、月冠の使者はぴくりと眉をつりあげる。

「はじめこそ、みなが驚きました。女神の化身《けしん》は『女』であると長らく伝えられてきたからです。それに、あなたは壁が出現して初めての使者だ。まだ女神の怒りが続いているのだと口にする民がいるのは事実。ですが……」

「私の力は最強。そうなんでしょう？」

「いかにも。ネルジェス国王は、あなたを表に出す準備を整えております。もう誰もあなたを異端だとは言えない。以前の大司教を僻地《へきち》に追いやり、代わりに私を……」

「ダカマ地方の民がどうなろうと、どうでもいいの」

祝福の力の使いすぎで、毎日体はだるかった。頭痛は慢性的だ。額《ひたい》に刻まれた冠型のあざが、ずきずきと痛みだす。

この体は美しいけれど、ひどく重たい。

こちらの機嫌を伺《うかが》うようなガガージの顔を見るたびに、胸のあたりがもやついた。

この体の重みは、ずっと以前からのものだったのだろうか。それとも。

「わかりました。しばしの間、ダカマ地方へ祝福の力を与えるのはやめましょう。陛下《へいか》に相談し、軍を派遣します。軍人たちの支援があれば、彼《か》の地の民もしばしの間生活に困ることはないでしょう」

笑えてくる。私が少し力を引っ込めると言った途端、軍の助けが必要だなんて。今までいったいどうやってこの国の人々は暮らしていたのだろう。毎日そこらへんの木の実でも採《と》って、原始人みたいに暮らしていたとでも？

――今まで通り暮らしなさいよ。私に頼ったりせずに。

意地の悪さが頭をもたげる。月冠の使者は嘆息《たんそく》し、話題を変えた。

「……祭典の話だけれど」

「はい」

「黒《マヴロ》の国の人たちも、来るって言ってたね。本当？」

「はい。国王ザリラクスと、大司教ペンダルス。そしてその側近の方々との会合がございます」

「他には？」

「主たる貴族の面々はいらっしゃるかと。……なにか気になることでも？」

「別に」

「まさか、女神の衣を抜けて悪さをされていないですよね」

するどい。だが月冠の使者は涼しい顔で答えた。

「そんなのするわけないでしょう」

ガガージは怪《あや》しんでいるようだ。

しかし、自分に逆らえるはずがない。結局は自分がなにをしようが自由だ。月冠の使者として、それだけ白の国《アスプロ》に貢献してきたのだから。

「少し休むから下がって」

「かしこまりました」

背を向けるガガージを見送り、月冠の使者はゆっくりと目を閉じる。頭痛はおさまらず、彼を断続的に苦しませた。

*

謎の男の襲撃により、ジーンたちは逃げ帰るようにして酒場へ戻った。

動揺した様子のジーンたちを見るなり、待っていた三人は腰をあげた。

「まさか、また人さらいが出たのかよ」

ダンがあせって、土まみれになっているジーンやルーシャの服をはたく。

どう説明するべきかわからなかった。ルーシャはあれを「月冠の使者」と呼んでいた。

たしかに額に冠型のあざがあったが、月冠の使者は女性のはずだ。それに——。

(俺とどういう関係があるんだ。さっぱりわからない。ルーシャならなにか知っているはず——)

アットはふたりをひとまず座らせると、酒場の主人に話をつけに行った。

「今夜はこちらに宿泊しましょう。へたに外に出る方が危険です。それで……やつだったんですか？」

アットがたずねると、ルーシャはうなずいた。

「間違いない。俺たちの捜していたあいつだ」

「どういうことなのか、説明してくれるよな？　なぜ、あの男が、祝福持ちを狙っているのか。それに、多分……あいつは、俺が記憶をなくす前に、知り合っていた可能性があるかもしれない……」

ジーンの言葉にルーシャは目を見張った。次いでタジラがゆっくりと腰かけ、口を開いた。

「なあ、ずっと疑問だったんだ。あんたら訛《なま》りがあるだろ。僕は黒の国で暮らして長いんだが、生家は白の国にあった。古くからの親戚には、ふたりの話し方とよく似た人がいてね。ルーシャとアットを見ているとなんだか懐かしくてな。ふたりとも、女神の衣の向こうから来たんじゃないのか？」

　部屋の用意ができた。五人は口を閉ざしたまま、酒場の二階にある狭い宿泊所に身を寄せ合った。他に客はいない。

「新しい客を受け入れないように話をつけてあります。正直に申し上げますと、あなたがたを巻き込むつもりはありませんでした。私たちの素姓《すじょう》を隠したまま祭典の日を迎えるのが一番でしたが、黒布《こくふ》の男の方が早かった」

「なぜ、俺が狙われているのか。説明してもらえるな？」

　ルーシャは観念したようにうなずいた。

「――これから話すことは、他言無用だ」

　ダンは酒瓶を揺らして、どかりと座り込む。

「飲もうぜ。長い夜になりそうだ。もちろん語り手に倒れられちゃ困るから、ルーシャにはただの薄めた果汁だ」

　五人はめいめいに車座となった。蠟燭《ろうそく》はなく、白い星の明かりをたよりに、互いの表情を探り合った。

*

それは、熱帯夜のことだった。

ルーシャは、きまじめな顔でネルジェス王の前に膝《ひざ》をついていた。

家督《かとく》を継いだばかりの二十二歳。彼にとってこの抜擢《ばってき》は想像していないことだった。よくて牢で生涯を終えるか、最悪の場合、衆人環視の中での無残な死を覚悟していたというのに。

「私が気でも触れたかと思っているだろう」

ネルジェスはあごひげをなで、頭《こうべ》を垂れるルーシャを見下ろしていた。

「おそれながら。なにかの間違いではないかと考えていたところです、国王陛下」

「秘密を守れる男にしかこの任はゆだねられない。しかし、秘密というものは完全には守られない。どんなに細心の注意を払っても、誰かに口にしたが最後だ。時の経過と共に、あまりにも軽々しく語られてゆく。さらに私には、本当の意味で信頼できる部下というのは、ひとりもいないのだ。お前を牢から呼び戻すくらいには孤立無援だ」

このときのネルジェスは、弱りきっていた。

戦争は結果的に、灰の国《バイオン》をばらばらにした。誰が原因をたどっても、まごうことなき戦犯は当時の王である叔父に戦いを仕掛けたネルジェスだった。女神の意志にそむいた彼は、己《おのれ》の命で過失をあがなうことなく、新たに建てた「白の国《アスプロ》」と呼ばれる国の玉座《ぎょくざ》におさまり戦い続けることを選んだ。そのことに関して多くのあつれきを生んでいた。

生き恥さらしの王、ネルジェス。民は彼を恨んでいた。

「私さえいなければ、女神の衣《ころも》は現れず、このようなややこしいことにならなかった。お前もそう思っているのだろう」

「そのようなことは……」

「私は女神の怒りを買った。その誹《そし》りを受け続けている。国を割り、国土の半分『黒の国《マヴロ》』は叔父ザリラクスのものに。残された白の国すら、この手からこぼれ落ちそうになっている」

開戦のきっかけを作った彼は責任を問われる結果となった。

しかし、ネルジェスひとりを葬ったところで、いったいなにが変わるというのだろう。女神の意志はそう簡単にはくつがえらない。国王を処罰できるのはもはや教会だけだが、その当時に降臨していた使者は言った。「ネルジェスを罰することなかれ。遺憾《いかん》ではあるが白の国の新しい王冠をいただく者は彼である」と。

こうしてネルジェスは死ぬことも許されず、玉座《ぎょくざ》を譲り渡すことも許されなかった。

女神の神託《しんたく》を告げた使者が亡くなると、ネルジェスを玉座から蹴落とそうとする動きが出始めた。そのたびにひとり、またひとりとネルジェスの味方は消えていった。味方だと思った者は、次の日には敵になっていた。

彼は孤独だった。

ネルジェスは玉座を降り、ゆっくりとルーシャのもとへ向かってきた。

「お前は私と境遇が似ている。だからこそお前を選んだ。お前の父と兄はとんでもない『へま』をやらかした」

「……」

ルーシャの親兄弟は、ネルジェスを亡き者にしようと企《くわだ》てた末、失敗した。そのとき軍人となっていた末息子ルーシャは任務についており、彼らの計画を知るよしもなかった。ネルジェスの暗殺に失敗した彼らだが、かろうじて修道士ごと船を奪い、黒の国へ亡命することには成功し、ルーシャを残して逃げ去った。

「人々は飢え、乾き、もはや領民を守ることも叶《かな》わない。私という王に失望しただろう。もう長いこと新しい使者は降臨しない。すべての役割を捨てて、親戚を頼って壁の向こうへ行きたくなるのも無理はない。特にお前の父はザリラクス王と親しかったからな」

本音を言えば、胸中は複雑であった。投獄された理由を知ったときは、父や兄たちからのけものにされた気持ちでいた。しかしルーシャは腹芸などできる人間ではなかったし、彼らのたくらみを知ったとしても、どちらにつくか決断できなかったかもしれない。

ただ家族に裏切られた悲しみと、自分がなんの価値もない役立たずであり、牢の中で人生を終えるかもしれないという恐怖が、日に日にルーシャをむしばんでいた。

「陛下……」

「私はお前を獄につなぎ、数年にわたり身分を奪った。しかし暗闇を見た人間だからこそ、光の価値がわかると信じよう。返答次第では、お前に父親が持っていた爵位と権限を与える」

軍人を志《こころざ》したきっかけは、人の役に立つためであった。たまたま秀《ひい》でていた武芸を生かして、彼は東奔西走《とうほんせいそう》していた。

崩れた家の下敷きになった人々を救い、川が増水すれば人命救助のためにかけつけ、腹を空《す》かせた熊が人里に降りてくれば退治に向かった。女神の衣の出現は人々から戦う理由を奪った。戦争のないこの国では、軍人はいつだって庶民の味方のようなもので、そうありたいとも思っていた。彼はまっすぐすぎて、己の背後にわだかまっていたネルジェス王と自分の親族の不和に気がつかなかったのだ。そのことがなによりも歯がゆかった。

「それとも、私という王の下で働くことは不満か？　お前の父や兄たちのように」

「私は」

ルーシャは言葉を切った。

「おそれながら、申し上げます。私は誰よりも人々を救うために働きたく存じます。ネルジェス王に、特段なにかを思うこともございません。灰の国《パイオン》が分裂したせいで白の国《アスプロ》は誕生したかもしれない。だがそれはあくまで結果だ。それをふまえてどう進むか。私にとって重要なのは、それだけです」

率直な気持ちであった。

過ぎたことをあだこうだと言っても仕方がない。戦争はルーシャが物心つくかつかないかの頃に、すでに終わっていたのである。過去のことをむしかえし、この王を玉座から追い落としたところで、いったい何になるというのだろう。

「ふむ」

ネルジェスは、愉快そうに笑ってみせた。

「『私の信じる王こそネルジェス王でございます』という薄ら寒い型通りの答えよりはよほどいい」

「……」

知ってはいると思うが、とネルジェスは重々しく口を開いた。

「月冠の使者が降臨した。しかし教会は、この使者を異端の存在と決め、放り出そうとしている。ザリラクス王も、『この使者からは手を引く』と宣言した。私はいちかばちか、この使者に己の命運を託すことにした。お前には、月冠の使者の世話役として働いてもらいたい――」

雨が降りだした。ここは屋根の修繕を怠《おこた》っているらしい。雨漏《あまも》りがしている。だが、空になった器《うつわ》で雨のしずくを受け止めるのを、誰しもが忘れていた。

ひとつぶ、ひとつぶと雨が降り注ぎ、床を濡らす。

ダンがあわててひびの入った酒器を置く。ぴしゃりと水滴が底を打つ音がした。

「……こうして俺は、国王ネルジェスの命《めい》で、月冠の使者の側仕《そばづか》えとして働くことになった」

話し疲れたのか、ルーシャは口をつぐんだ。

タジラが声を震わせている。

「ま、待てよ、ルーシャ。じゃお前、月冠の使者を見たことがあるのかよ。本当かよ、すごいな」

「そこか？　驚くのはルーシャが白の国《アスプロ》で偉い人だったことなんじゃないのか？」

「いや、ルーシャみたいなやつの家族が反逆者だったこと？」

どこに驚いていいのかさっぱりわからない。いや、全部か。三人はめいめいに顔を見合わせる。

「そして、最大の謎はなぜ今黒《マヴロ》の国で、俺たちみたいな底辺の人間と膝をつきあわせているか、ってことだ」

なぜネルジェス王は、「秘密を守れる人間」に月冠の使者を託そうとしたのか。

――そう。あの時計塔が動いた夜。俺が見たあいつが本物の月冠の使者なのだとしたら、あってはならない大事件だ。

ジーンがルーシャを見る。彼の視線を受け止め、ルーシャは続きを語り始めた。

「俺は、国王ネルジェスの命で長年の幽閉をとかれ、ひとつの任についた。降臨したばかりの月冠の使者を離宮で保護すること。そして彼の監視役として――」

月冠の使者は、囚《とら》われていた。

しかし、ルーシャのように罪人の家族としてではない。ネルジェス国王の離宮、ひときわ豪奢《ごうしゃ》な部屋をあてがわれていた。子どもたちが走り回れるほどの広い寝室には季節の花が生けられ、一級の家具や調度品、白石の女神像が並んでいる。それにもかかわらず部屋が陰気くさいのは、この離宮そのものが時から置き去りにされたように、よどんだ空気を発していたからだった。

使用人はごくわずか、扉の前には屈強な軍人が仁王立ちしており、外の風景はいっさい見られないよう、窓は塗り込められていた。後になってルーシャは気がつくことになる。これは客人に外の風景を見せないようにするためではない。けして、外から客人の姿をのぞき見られないようにするためだった。

天蓋《てんがい》つきのベッドの上で、月冠の使者は病気の子どものように縮こまっていた。

「——こういうことだ」

天蓋の帳《とばり》をまくりあげ、ネルジェス国王はそう言った。

ルーシャは絶句した。使者は寝台の中で震えていた。額に月をかたどった冠型のあざ。間違いなく使者の証《あかし》をもっていた。もっていながらにして、彼は——。

「まさか、使者が男性とは……」

これが、「異端」の理由か。

使者は女だ。女でなければならない決まりはないが、過去の使者は全員女性の姿で降臨した。

ネルジェスは眉を寄せる。

「きれいな顔をしていたから、もしやと思い服を脱がせてたしかめた。どこをどう見ても、正真正銘男だった」

栗色の髪に、うるんだ大きな瞳。透き通るような白い肌。うすいくちびるを引き結ぶと、男はおびえたようにルーシャを見上げていた。

「……誰？」

ルーシャはあわてて膝をつく。

「お初にお目にかかります、月冠の使者よ。私はルーシャと申します。本日よりあなた様の側仕えをつとめさせていただきます。その――」

なにから伝えるべきか。考えあぐねていると、月冠の使者はため息をひとつ挟んだ。

「知ってる。男の姿をしているのが、変だって言うんでしょ。今まで何回も言われた。あなた教会の人？」

彼は男の姿をしていたが、口ぶりはまるで若い女のようだった。

「私は、ネルジェス国王陛下にお仕えしている者です」

「もう人前で服は脱ぎたくない」

「脱がしたりしません。大丈夫です」

月冠の使者は、人間を信じられなくなっているようだった。疑念の目を向けると、薄い毛布の中に体をもぐりこませた。

「ここがどこなのか、本当のことを誰も教えてくれない。白の国《アスプロ》とか黒の国《マヴロ》とか天の世界とかわけのわからないことを言ってくる」

「もしなにかわからないことがあるのなら、私がお教えします」

「あなたのなにを信用しろっていうのよ」

使者は警戒を解くつもりはないようだ。

(ここに来るまでに、さんざんひどい目に遭《あ》ったか)

ネルジェス国王は眉を寄せる。

「使者がこうなってしまったのは、男の姿をしているせいだけではない。彼は祝福の力を使うことができないのだ」

「……は?」

「降臨後、使者は神託の島の女神像の前で祝福の力をふるう。みずからがどのような役目をになって降臨したのか、人々に知らしめるためだ。ところが彼にはそれができなかった」

女神像の前にただ立ちすくみ、途方にくれる使者の姿を想像する。相当な事件であっただろう。待望の使者の降臨とあって、教会の連中は期待を胸に彼を迎えに来たはずだ。まさかその期待が落胆に変わるとは、思いもよらなかったに違いない。

「祝福の力、ってなんなのよ。私はなにも知らない。目が覚めたらどこかの神殿の中で、たくさんの人が私を見ていた。教会の人たちは、私を指さして使者だとかそうじゃないとか、好き勝手なことばかり言ってた」

この男は、本当に使者なのか。

頭のおかしな男が嘘をついて、使者を騙《かた》っているのか？　だが月は赤く染まっている。額のあざもある。

ルーシャは、辛抱強《しんぼうづよ》く言った。

「――祝福の力とは、女神が認めた者に授けられる特別な力です」

「特別な……」

「さようです」

「降臨した使者を、白の国と黒の国、どちらのものにするか。この協議は三日三晩続いたが、最終的にザリラクス王は及び腰になった。こういうわけだ。私は月冠の使者に、己の命運を賭《と》してみることにしたのだ」

（今後、ふさわしい使者が新たに降臨する可能性もないわけではないが……現れないかもしれない。ネルジェス王はとりあえずこの男を連れ帰ってきたが、持て余しているというわけか……）

この男が本当に使者であるのか。

(そんなことはどうだっていい)

ルーシャには後がなかった。この不確かな存在を「月冠の使者」として扱うと、国王ネルジェスが決定したのだ。

月冠の使者の世話係。この男をいかにも女神の化身らしく教育すること。それがルーシャのつとめである。

「あなたは我々にとっては救世主だ。月はあなたの降臨により赤く染まった。この国の歴史をご存じか」

「知らない」

「白の国《アスプロ》……あなたが守るこの国は、『女神の衣』と呼ばれる壁を挟んだ向こうの黒の国《マヴロ》とあわせて、かつてひとつの国だった。内乱を経《へ》て、女神の衣によって国は分断された。あなたが分断後に現れた最初の使者なのです。あなたの姿を見た聖職者たちが、まだ女神がお怒りであると判断するのも無理はない。歴史上使者が男であったためしがないからです。だが私は、これを希望と取る。今までと同じというだけでは、けして歴史は前に進むことはない」

月冠の使者は、探るような視線をルーシャに向ける。

「適当なことを言って、私を見世物小屋にでも売り飛ばそうとしてるんでしょう」

「見世物小屋なんてよくご存じだな。天の世界にもあるのですか」

「知らない。ゲームとか漫画では、よくある展開だから。やっぱりこっちでもあるんだ」

わけのわからないことを口走る彼は、まるで幼い子どものようだった。声は震えたままである。

「ルーシャを気に入ったかね」

「……」

ネルジェスの問いに、月冠の使者は無言で答える。

「月冠の使者よ。我々はあなたを使者と認め、みずからの保護下に置くこととなった。もう教会とあなたは無縁でいていい。恐ろしい修道士たちはここへは来ない。見張りもしっかり置いて、あなたの姿を隠しているではないか」

なだめるようにネルジェスが言う。

「私は……」

月冠の使者は、しぼりだすようにして言った。

「隠されるのは、いやだ。本当は認められたいの」

「ならば、あなたの力を世に知らしめましょう。そのためには民に祝福を与えるよりほかはありません」

ルーシャは朗々と続ける。

「使者とは、女神の化身。人々を慈愛の心で救う者です。あなたにはその力がある。たとえどのような姿でこの世に降臨しようと、それは変わりません」

「いきなりこの世界で目覚めて、力とか言われても知らないよ」

「あなたは、認められたいのでしょう」

使者と目が合った。ルーシャはひるまずに続ける。

「月冠の使者は、人々の希望です。あなたは救世主だ。誰しもがあなたを求め、あなたにひと目会いたいと願い、あなたの言葉を欲《ほっ》している。そんな存在になりたくはないのですか？」

「……祝福の力を与えれば、人々は私を認めてくれる？」

「もちろん。私と一緒に考えましょう。その冠のあざは、どんな不可能をも可能にする」

前代未聞《みもん》の男の使者。

その話を聞いた途端、かたわらのタジラは興奮をおさえきれないようだった。顔に両の手を当てて悶絶している。

「……ほ、本当に月冠の使者は男だったのか」

「まあ男にしちゃ、やたらきれいな顔をしていたがな」

「どんな顔だっ！　描いてみてくれ、さあ！」

「描いてみてくれと言われても……」

どこからともなくアットが紙とインク壺を添えたペンを持ってきたので、ルーシャは右手を動かした。ぎょろりとした目、細い鼻、逆三角型のあごをした、人のようなものが描かれた。

（いや、俺が見たあいつとは似ても似つかないが……）

ジーンはちらりとルーシャの顔を盗み見る。本人にも、かけ離れたものを生み出した自覚があるようで、咳払《せきばら》いをしてみせた。

「なるほど。そういうのを、美人だと思うやつもいるよな。うん、まあ、みんながみんな、同じ人を美人だって思うようになったら、おしまいっていうか、いろんな価値観がないと人はあっという間に滅びてしまうからな。だからまあ、そういう感じなんだろう」

「ダン、なぐさめは結構だ。絵が下手なことはわかっている」

ルーシャが舌打ちをして、似顔絵をアットに返す。彼はその絵をながめ、ふたことみこと補足を加えた。

「月冠の使者は栗色の髪で白い肌の、瞳の大きな人物です。一見すると女性のようですが、背が高くて、ちょうどルーシャと同じくらいには。線が細くて筋肉は薄く、戦《いくさ》を知らない世から来たことは明白でした」

「ふむ」

タジラはあごに指先を当て、まだ見ぬ月冠の使者を思い描いているようだ。

「ジーン、どうした？」

襲撃された夜。強烈に印象に残った使者の顔。胸騒ぎがする。月冠のあざ以上に、あの顔の特徴は……。

「いや、なんでもない。話を続けてくれ」

ルーシャは気を取り直して語り始めた。

彼は白の国《アスプロ》で月冠の使者の世話係をつとめることとなった。親兄弟が大罪をおかした末に与えられた役目。絶対にネルジェス国王の期待を裏切ることはできない。重圧がルーシャにのしかかっていた。

似顔絵をアットから取り上げ、たたんで見えなくすると、ルーシャは再びあぐらをかいた。

「俺にも後がなかったが、教会から追放された使者とて未来が明るいわけではなかった。

天の国から降りてきた彼は、白の国に知り合いなどひとりもいない。ネルジェス王の期待に応《こた》えられなければ彼は路頭に迷うだけだ。俺と月冠の使者は一蓮托生《いちれんたくしょう》の関係となった」

反逆者の家族を持つ男と、祝福の力を使えない男の使者。彼とルーシャの二人三脚の日々が始まったのだった。

「俺は、月冠の使者にありとあらゆることを教えた。この国のなりたちや一般常識、食事や作法にいたるまで。彼はいびつだった。知識がまったくないのかと思えば、特定の分野だけやけに詳しいこともあった。まったく教育をされていないのかと思いきや、所作《しょさ》が美しいこともあった——まさに違う世界からやってきた人間なのだと、まざまざと思い知らされた」

月冠の使者は歴史や地理に関してはさっぱりであった。地図を前に首をかしげ、絶望的な顔をした。ニホンはどこ、とたずねられた。これはルーシャもわからなかったので、首を横に振った。ニホンはどこ、私はあのときトウキョウにいて、と何度も繰り返す彼は、泣きそうな顔をしていた。

（月冠の使者の故郷なのか……？　女神の国は、ニホンという場所にあるのか……？）

はじめのうち、使者は塞《ふさ》ぎ込んでいた。

「地図なんて見たくない。知っている場所がどこにもないし」

「あなたは天の世界へ帰りたいのか？」

ルーシャがたずねると、使者ははっとしたような顔をした。

「……帰れない方が、いい」

なにかわけがあるのかもしれない。

ルーシャはあえてなにもたずねなかった。ただ、己の知識のありとあらゆるものを、使者に教え込んだ。

はじめのうちは途方に暮れてばかりいた月冠の使者も、少しずつ学習に興味を示すようになった。暗く閉めきった部屋で、やるべきことがそれくらいしかなかったせいかもしれない。次第にニホンという単語も、彼の口から出ることはなくなっていた。

使者のために子ども向けの物語をうつしとった。ルーシャは結婚したことはなかったが、まるで子を持ったかのようだと思った。いや、手のかかる弟か。不思議と彼は文字をすらすらと読むことができたので、物語は白の国《アスプロ》の文化や生活習慣を教える上で大変役に立った。

「これが、ネルジェス国王即位までの歴史です。すべてを細かくやってしまうと覚えるのが大変なので、簡単な物語に仕立てたものでまずはさわりをお伝えしました。ついてこれていますか？」

　使者はうなずいた。

「ネルジェス国王って、すごく偉い人なんでしょう。そんな人が私に住まいを与えてくれて、こうして勉強もさせてくれるって、使者って本当に特別なんだね……」

「そうです。使者がいればこの世のあらゆる災厄《さいやく》は払えると言われていますから」

「災厄を、払う……か。祝福の力は、一般の人も使えるんだよね。ルーシャも使える？」

「少しだけ」

　ルーシャが手のひらをかざすと、うっすらと弱々しい炎が灯《とも》った。細く、たよりない火の揺らめきであったが、月冠の使者は素《す》っ頓狂《とんきょう》な声をあげた。

「すごい！　マジックみたい！」

「まじ……？　使者の力は、このような子供だまし程度のものではありません。もっとすさまじい力を有しているはずです。歴代の使者は、どんな病《やまい》もたちどころに治したり、湖を作り出して干ばつを防いだり、昼と夜を自在に操ることができました」

　降臨した使者の年代記を広げる。その能力は実に多彩であったが、どの使者の能力も一般人のそれをはるかに凌駕《りょうが》していた。教会いわく、使者とはその時代の「命題」を解決するために降臨する。戦乱の世には癒《い》やしの力を持つ使者が、飢餓《きが》に苦しむ時代には作物を豊富に実らせる使者が、政権交代が続き、人々が翻弄《ほんろう》された時代にはひときわ神がかった能力を持つ使者が現れた。昼と夜を自在に操る使者がそれである。

「なんか面白いね」

「月冠の使者。あなたの力も、おそらくこの時代を反映したものになっているはずです。教会の教えが正しいのならね」

「ルーシャは、教会のことをあまり信じていないんだ？」

「信仰心はありますよ」

だが、それが教会組織の正しさにはつながらないと思っている。教会は女神カルギリアスの意志を、あまりにも簡単に語りすぎる。少しでも不思議な現象が起きれば、それを説明するために女神の意志を推測し、ねつ造することにためらいがない。作り上げられた物語が多くなればなるほど、教えはうすっぺらくなってゆく。

「女神の声は聞こえないのですか？　使者は女神の化身。彼女の声を聞くことができるはずだ」

「さっぱりだよ。あーあ。本当に、私に祝福の力なんてあるのかな……」

月冠の使者はため息をひとつ挟むと、休憩をしたいと申し出た。ずいぶん長い時間、ふたりは机の前で向かい合っていた。

「あちら側は、どのような世界なのですか」

ルーシャは彼にたずねてみた。

「あちら側って……」

「ニホンのことです。あなたが地図で熱心に探していらした」

久々にその名を思い出したようだった。使者は目をしばたたいて、ゆっくりと話しはじめた。

「ああ……。私の住んでいた場所のことね。うん。白の国《アスプロ》と同じ、島国だったよ。でもこんなきれいな円形の国じゃないけど。陸がつながってない場所も、ニホンってされてた。私はニホンの中でも、山が連なって、おいしい果物がたくさんとれる街で生まれた。のどかで、温泉もあって、観光客もいっぱい来てさ……」

ルーシャがきょとんとしていると、月冠の使者は不思議そうな顔をする。

「どうしたの？」

「カンコウキャクとはなんですか？」

「え、まさか旅行の習慣ってないの？」

「旅行？　修行の旅のことでしたら、修道士がよく……」

「娯楽のために、移動することだよ」

「それのどこが娯楽?」

信じられない、と彼はため息をついた。

「おいしいもの食べたり、温泉に入ったり、スポーツしたり、海で泳いだりしないの?」

「海で泳ぐことはあります。主《おも》に修道士たちが、鍛練のために」

「滝行《たきぎょう》するってこと?」

「滝……ではなく、泳げるように訓練することです。海に出られるのは基本的に修道士だけなので」

「なぜそうなるの?」

ルーシャは懇切丁寧《こんせつていねい》に説明してやった。特殊な大渦のこと、神託の島、その島に上陸できる資格を持つ者たちについて。月冠の使者はくるくると表情を変えた。

(こうしていると、本当にただ自分の気持ちに素直なだけの青年だな)

女神の化身というから、どんなに浮世離れした存在かと思いきや……。いや、この国の文化をほとんどなにも知らないのだから、浮世離れはしているのだが。

「ちょっと待って。書いておかないと忘れる」

月冠の使者は細かなことを記録したがったので、紙とペンを用意した。インクの扱いには慣れておらず、あちこちに醜《みにく》いしみを作っていた。

（筆記の習慣はあるようなのに、不思議だ）

月冠の使者は見慣れぬ文字を書き連ねている。

「それは、なんと書いているのですか？」

ルーシャにたずねられて、彼はぎょっとしたようだった。

「え、さっき教わったことを書いているんだけど」

「その文字は、天の国の文字ですか？」

月冠の使者はきょとんとした顔をしてから、不思議そうに首をかしげる。

「そうか……ニホンゴを話しているのが、そもそもおかしいのか……そうか……なんで言葉が通じてるんだろって思ったけど……書き文字には適用されない……？」

彼はホンヤクがどうの、文字のヘンカンがどうの、とひとりごちてから、ふっと息をついた。

「……なんだか、嘘みたい。死んだ後もこんな世界につながってるなんて。知らないことばかりで、しかもこの体で、人生をやり直すことになるなんて……」

「死んだ後……？」

「私、死んだんだ。はっきり覚えてる。自分で死んだから。もう終わりにしようって思って……」

彼の表情は暗くなる。もともと明るい性格ではなさそうだったが、ルーシャといるときは新しい発見に目を丸くしたり、積極的になにかをたずねてきたりしていた。だがなにかが彼の記憶に引っかかると、たちまちこういった顔をした。どうしても払拭《ふっしょく》しきれない暗い過去が、彼を支配しているようだった。

月冠の使者がこういう顔をするとき、ルーシャは自分が無力な人間のように感じていた。たったひとりでこの世界にやってきて、存在そのものを否定された。そんな彼を元気づけることができない自分が歯がゆかった。

「ルーシャ。さっきの、もう一回やってよ。火を出すやつ」

「これですか?」

炎を灯す。使者は目を輝かせた。

(このくらいだったら、何度だってやるさ……)

使者の立場は非常に危うかった。ネルジェス国王の気まぐれで、いつここを追い出されてもおかしくなかったのだ。自分と同じ、寄る辺《べ》のない者。それが当時の月冠の使者だった。

「きれいだね。いいなあ、祝福の力が私にもあったら、いつだって花火し放題だし。なんてね……」

月冠の使者が、ルーシャの炎に手のひらをかざす。

そのとき炎は驚くほどに強くなり、めらめらと高く燃え上がった。

「危ない！」

使者をかばおうと突き飛ばしたが、炎は意志を持ったようにうねり、彼の体に吸い込まれていった。

「これって……」

ふたりは目を合わせて、言葉を失った。

ルーシャが離宮へ通うようになって、ひとつき。

彼はこの日、祝福の力をなくした。

＊

「ルーシャ。あんたにも祝福の力があったのか」

タジラは目をしばたたかせる。

「もう使えない。奪われたんだ」

「奪われたって、どういうことだ？」

「あの日、月冠の使者に奪われた。彼は使者の力を使えなかったわけではない。降臨した際、その力を使えなかったことにはきちんと理由があった。彼の能力は——」

ぴしゃり、ぴしゃり。

天井からの雨漏りの音が、やけに大きく響く。はるか遠くで雷鳴がとどろいた。

「他人の祝福の力を奪い取ることだった」

*

月冠の使者は、火の力を手に入れた。彼の指先に灯った火はいきいきと燃え上がり、あっという間に大きな炎に育った。

「すごい。ルーシャの炎が私にうつった」

無邪気に喜ぶ彼は、暖炉に火を入れ、蠟燭に明かりを灯すだけに飽き足らず、ありとあらゆるものを燃やし尽くした。あわや小火《ぼや》さわぎになりかけたので、ルーシャはあわてて彼を止めた。

ルーシャの方は、どう念じても願っても、小さな炎ひとつ灯ることはなかった。今まで自分の中をかけめぐっていた祝福が、いっさい消え失せてしまったのだ。内心、彼はとても落胆していた。祝福の力を持っているからこそ、身内に裏切り者が出たとしても彼は極刑を免《まぬか》れていた。自分の身を守るいわれがなくなるということが、こんなにも心もとないことであったということなのだと、まざまざと感じ取っていた。

――なにを落胆しているのだ、俺は。結構なことじゃないか。これで月冠の使者は、ようやく使者だと認められるようになったのだ。彼、ひいてはネルジェス国王に仕える身としては、これ以上ない喜びのはず……。

ルーシャは己にそう言い聞かせた。

月冠の使者は、細い指に炎を巻きつけ指輪のように身にまとってみせた。

(祝福に対する発想が、すでに違いすぎるな)

このような使い方を、ルーシャはしたことがなかった。祝福の力を装身具のように扱うなど、想像したことすらなかったのだ。

これぞ使者。女神の力をいとも簡単に、己のものとして扱う。時としてそれは傲慢《ごうまん》そのものであり、時としてそれは人々を従わせるための畏怖《いふ》の対象となる。

ルーシャの胸中を知ってか知らずか、使者は新しく手に入れた力に夢中だった。

「これが『祝福』。私も祝福の力が使えるんだ。すごい」

「どうやって私の力を手にしたのです？」

「うらやましい、ほしいなって思ったら手に入った。ただほしがっただけだよ」

月冠の使者は、手のひらで大事そうに火をくるみ、無邪気にほほえんだ。

「この体を手に入れたときみたい。私って、こっちの世界じゃ万能なんだ。ありがとう、ルーシャ。この炎を大事に使うね」

鏡に自分の姿をうつしだし、彼は目を細めた。彼は鏡が好きで、なにかとのぞき込んでいた。

――この体を、手に入れた？

疑問に思ったが、たずねる前に使者はまくしたてるようにしゃべりはじめた。

「こんなに美しくて、祝福の力も使えるようになったら、私きっとすごい使者になれるんじゃないかな。たとえ男でも、はじめは使者として認められなくても、絶大な力さえあれば気にしないって思う人もいるかもしれない。少なくともネルジェス国王はきっとそう。もっともっと祝福の力がほしい。そのために、ネルジェス国王にお願いしなきゃ」

「お願い……？」

「説明してくれたでしょう。使者以外にも、祝福の力を持っている一般の人がいるって。ルーシャ、あなたもそうだって」

「たしかにご説明しました」

「それっておかしいことなんじゃないかって、私思ったの。だって祝福の力って女神が人を救うために与えるものでしょう。それなのに使者以外の人間が使えるってどういうことなんだろう。信心深ければ祝福の力が宿るのなら、教会の修道士は全員祝福の力を持っていないとおかしくない？　だいいちルーシャってそんなに信心深いタイプの人間？　少しの間しか話していないけど、私にはそうは思えない。気を悪くしたらごめんだけど」

「私は女神のことを信じていないわけではないですが……」

修道士のように熱心に祈りを捧《ささ》げているわけでもない、というのが正直なところである。

「いいの。私もこの世界にやってきたばかりで、カルギリアス教のことなんてよくわからないんだから。でもこの『一般の人も祝福の力を持っている』というルールって、矛盾《むじゅん》しているる気がするんだよね」

ごくたまに祝福の力を持ち合わせて生まれる人間に対し、女神は使者を通してなんの説明もしてこなかった。教会は「特別に信心深い子供たちに対する、女神からの贈り物」だと結論づけていたが、祝福を持たない子どもたちと、彼らはそう変わらない存在に見えた。

「力を持っている人間が女神から愛されてる者なのだとしたら、いたずらに祝福を持つ人間とそうじゃない人間を差別するだけなんじゃないの？　持たざる者に無駄な劣等感を抱かせるだけかも」

「そういう見方もあるかとは存じます」

「女神からの贈り物を持っているから、教会で保護し、徹底的に洗脳する。そうして後天的に信心深い人間に育てる。結果的に祝福持ちは信心深くなる？」

「私にはわかりかねますが、そうかもしれません」

「もしそうなら、この世界の祝福に関する仕組みはおかしい」

使者は、己の役目に気がついたようだった。

だが、それは人々にとって本当に「救い」になる命題であったのだろうか。

のちのちになってもルーシャは思う。わからない、と。

「私は使者よ。女神の化身は私なの。だから世界を正しく導かなくては。祝福の力は私がすべて管理する。白の国《アスプロ》の祝福持ちを全員集めて。彼らの力は、私の血肉にする」

降臨したときの冷遇によって、使者は己を守るべき教会を敵とみなした。

そして、本当の意味で平等で、争いがない、平らな世界を作ろうとしていた。

すべてを奪い取る祝福の力によって。

＊

ジーンは腕を組んだ。

これが「時代を投影する」と言われた女神の思《おぼ》し召しなのだとしたら、大変意地が悪い。

「祝福はお前たちには必要はない。そう女神は仰《おお》せだってことか？」

彼の言葉に、全員が口をつぐんだ。

「女神の意志はさだかではない。ただ、月冠の使者の能力はあまりにも強大すぎる。人の役に立つ能力どころか、今現在、世のため人のために働いている祝福持ちを、ただの人間にする能力だ」

アットは膝の上でこぶしを握りしめる。

「……私は、ルーシャと出会う前は、祝福持ちとして神学校で学んでいました。これでも成績優秀で、卒業前に教会で修道士見習いのようなこともさせてもらっていたのです」

白の国の、とある神学校でアットは航海術を学んでいた。船を操るのがばつぐんに上手《うま》く、将来は大修道院に奉職することも約束されていた。入学には多額の寄進が必要だったが、アットはもとより持ち合わせていた祝福の力でそれが免除されていた。

「小さな光を灯すだけの、わずかな力でしたが、それでも夜の海を渡るときには重宝がられました。家が貧乏だったので、祝福の力はまさに家族を支える光そのものだったのです」

アットは懐《なつ》かしむように己の手のひらをながめる。

「月冠の使者に取られたんだな」

ジーンがたしかめると、アットはうなずいた。

「いいのです。私はもともと修道士になるべく、女神カルギリアスのために身を捧げると覚悟した身です。祝福の力も、女神が必要と仰《おお》せなら喜んで献上いたします。女神にお返しするだけのことですから。だが私と出会ったとき、月冠の使者はすでに祝福の力を集めるだけの存在と成り果てていました。奪った能力を人のために使うのではなく、己が独占するだけ。彼は祝福の力を奪えば奪うほど、祝福持ちを抱《かか》えていた教会が弱体化していくことに気がついたのです」

月冠の使者は、教会を恨んでいた。

彼にとって教会は、己を否定した者たちの集団だ。ある程度力を集め、女神の衣を通り抜けることが証明できると、教会はしぶしぶといった具合に「月冠の使者が降臨した」ことを認めたが、性別に関しては公表しようとしなかった。

当時の大司教は使者が男性であることが人々の不安をあおると説明したが、その真意はさだかではない。

「月冠の使者の胸の内にわだかまっていた教会への不信を、国王ネルジェスはうまく利用した。俺が気がついたときには、すでに使者と教会は修復不可能なほどに関係が悪化していた」

月冠の使者と教会の関係の悪化。それ以前に問題となっていたのは、ネルジェス国王と教会の不仲であった。

戦をしかけて女神の不興を買った国王と、女神に仕える教会。年々溝《みぞ》は深まってゆく。女神の衣の出現のせいもあり、世論は教会の味方だ。

「国王ネルジェスは考えました。この異端の使者が、己につけば形成は逆転すると」

「月冠の使者の私怨《しえん》をうまく使い、つけこんだか」

ダンはうなり声をあげる。難しい話が苦手な彼は、ながながと続くルーシャの昔話にそろそろうんざりしているはずだ。

「で、結局ルーシャ。お前はなんでここにいるんだよ。アットも一緒に月冠の使者に力を奪われて、それから？」

ルーシャはうなずいた。

「長くなってすまない。この身に起こったことがあまりにも複雑ゆえに、ひとことふたことで済ますことができなかった。ここからが本題だ――」

望めば望むだけ、力が手に入る。

そう気がついた使者が、無邪気な女神の化身から、強欲な蒐集家《しゅうしゅうか》に変貌を遂《と》げるのに、さして時間はかからなかった。

＊

はじめは王都アスドリーリャの教区から、祝福の力を所持する修道士を捜し出した。ネルジェスが命じれば造作もないことだった。王が「あわれな使者に祝福を見せてやってほしいのだ。女神の祈りを捧げてほしい」と要請すると、なにも知らぬ修道士たちはいそいそと王宮へやってきた。

使者は黒い布で体を覆《おお》い隠し、修道士たちが祝福を披露《ひろう》するのを、じっと見ていた。

「見て、ルーシャ。あの人は口から風が出てる。面白い」

「さようですね」

「あの人はあなたと同じ火の力か。もう持ってるけど、一応もらっておくかな」

得意げに祝福の力を見せ、祈りを唱える彼らの前に立つと、使者はその身にまとっていた布を取り去った。

修道士たちの間に衝撃が走る。

彼が男であることは、神託の島へ渡ったわずかな修道士にしか知らされておらず、箝口《かんこう》令《れい》がしかれている。

「あなたは、使者様では……」

「もちろん。私が使者です。女神カルギリアスの化身」

「男性だ」

「男性が使者ではいけないという決まりがあるの？　あるのだとしたら、あなたがたが勝手に作ったもの」

困惑《こんわく》する修道士の額に、月冠の使者は人さし指を当てた。

「私が女神ならこう言うでしょう。そんなに女であることにこだわるのだったら、修道士も全員女にせよと。自分たちは男でいいのはなぜ？　男のくせに祝福の力を持っているのはなぜ？　あなたがたには分不相応なもの」

使者が指を離すと、修道士はへなへなと床にへたりこんだ。力を失い、呆然としている。

月冠の使者は彼から取り上げた風の力を使い、修道士を吹き飛ばしてしまった。彼は謁《えっ》見《けん》の間《ま》の壁に叩きつけられた。

うめき声をあげ、修道士はくずれ落ちる。

「まあまあね。加減がわかればうまく使えそう」

「使者よ。乱暴はおやめください」

「これは神罰よ。私をあなどったやつらへの神罰」

他の修道士たちが悲鳴をあげて逃げようとすると、ネルジェス国王は命じた。

「捕らえよ」

屈強な軍人に、しょせん修道士は敵《かな》わない。ネルジェスは、呆然とするルーシャをねめつける。

「ぼさっとするな」

彼は逆らうことができない立場だったが、本当にこんなことをしてもいいのかと内心葛《かっ》藤《とう》していた。

ネルジェスはあごひげをなでつけ、もっともらしく言った。

「こう考えていただきたい。あなたがたは使者に力を捧げ、最大級の献身を女神に示したのだと。祝福の力はもとより女神から与えられた贈り物だ。それをお返しするだけのこと」

こうして、使者は思うがままに力を奪い取っていった。

近くの教区で祝福の力を取り尽くすと、月冠の使者は巡礼の旅と称し、祝福持ちを狩る遠征に出ることにした。ただし、このときの使者には、まだ奪った力を困っている人のために使おうとする分別があった。

「この国って、ライフラインはいったいどうなってるの？　私はいつも水瓶に水をくんでもらってるけど、お湯が出ないのは不便。それにトイレなんて本当におぞましいものなんだけど……」

「らいふ……？　月冠の使者には使用人がついておりますので、世話も行き届いているかと。ですが離宮を出るとなるとそうもいきません。使用人は同行できますが、場合によっては、不自由されることもあるでしょう。その……今は用を足すにも専用の個室がありますが……？」

「え？　まさか他の人にはないの？　囲いすらも？」

「はい。みんなで顔をつきあわせてなんて、しょっちゅうですよ。女性でもね」

彼は卒倒しそうになっていた。

「早く、水の力を持つ人を見つけないと。この国に伝染病がはやって、たくさんの犠牲者が出るかもしれない」

彼の言葉は「神託」と捉《とら》えられ、ネルジェス国王は水の力を持つ祝福持ちを血眼《ちまなこ》になって捜し始めた。

月冠の使者が言うには、彼のいた天の世界では、用を足す場所は他人の視線を気にする必要はなかった。それだけではない。住まいにしてもたいていの者が自分用の個室を持っていて、いつでも飲みたいと思ったらすぐに水を飲むことができて、暑くても寒くても室温を調整できる道具を持っていた。夜にも店は開いていて、好きなときに温かい食べ物を買うことができたし、料理を家まで運ばせることもできた。

「あきれる。こんなに便利な力がありながら、誰も上手に使っていない」

水の祝福を手に入れると、その次には月冠の使者は「大地の力が必要だ」と言った。大地の能力を持つ者を強引に捕らえると、彼は容赦なく力を取り上げた。

「水道管ってどうやって通してたんだっけな……」

彼は四苦八苦しながら、まずは王都に水路を作り上げた。簡単な水路なら川から引いていたが、彼が求めていたのは各家庭につながるこまかな用水路だった。

「下水を処理するにはどうしたらいいと思う?」

「いちいち苦労して火起こしをしなくても、火が使えるようにしたい」

「この街は暗すぎる。夜に光が灯らないと、夜遊びができないじゃない」

彼の発案を参考にして、ルーシャは街のあちこちに手を加えた。最終的に、使者の祝福をはりめぐらせるための巨大な網を街にかぶせるようにして作り上げることになった。いろいろと試してみたが、鉄がいちばん丈夫で、使者の力をよく吸収した。

大がかりな工事を始めようとすると、当然反発が起きた。

「本当にそれで祝福の力の恩恵を受けることができるのですか」

「使者について教会から何も発表がない」

「大きな網を作って祝福の力を流す？　ばかげている」

ネルジェス国王の側近たち全員が、月冠の使者を認めているわけではなかった。彼らの声に対して、月冠の使者は眉を寄せた。

「なにをしたらこの人たちは私の言うことを聞いてくれるの？　目の前で他人の祝福の力だって奪ってみせたし、壁の通り抜けだって見せてあげたじゃない」

お前は異端の存在だ。本物の使者ならば女神の衣を通り抜けられるはずだ。とある教会をたずねたとき、年配の修道士にそのような言葉を浴びせられた月冠の使者は、その男の目の前で壁を行き来してみせた。

「税収がほとんどといっていいほどないのです。領主たちが慎重になるのはいたしかたないことかと」

ルーシャの言葉に、使者はため息をついた。

「消費税でもなんでも取ればいいでしょう。それに税金を投資に回してさ」

「しょう……?」

「まあ、ない袖は振れないか。仕方ない。では王都の西地区・タグギアだけで結構。私はその地区の畑という畑をうるおし、家畜という家畜を太らせ、人々にはきれいな服を着せて、プライバシーの守られた家とお手洗いを用意してみせる。その暮らしがうらやましいと思うのなら……多分、ぜったい思うはずだけど……すすんで私にお金を差し出すようになるはずだから」

タグギアは月冠の使者の住まいである離宮が建つ小さな町であった。田舎で静養したいというネルジェス国王の母の願いで建てられたこともあり、あたり一面には葡萄《ぶどう》畑が広がっている。

「国王陛下、よろしいでしょうか」

ルーシャがたずねると、ネルジェスはうなずいた。

「よいだろう。各地で集めた力がどのように生かされるのか、この目で見てみたい」

「これでタグギアが女神の加護でうるおうことになったら、そのときは――」

月冠の使者は言葉を切った。

「今日という日に協力の意思を示さなかった者たちの名前を覚えておく。私の力も無尽蔵《むじんぞう》に湧いてくるわけではない。かならずどこかで『調整』をしなくてはならない。私を……

女神カルギリアスを信じない者には、祝福の力は必要ない。そのように解釈するからね」

さえざえとした瞳で、使者は王の家臣たちを見渡した。

彼らは息を呑み、使者の美しい顔から目をそらせずにいた。

「そうして、使者はみごとタグギアの文明を何百年分も進歩させた。いつでも好きなときに水を手に入れ、体を洗い、囲いのある手洗い場は取っ手を引くだけでたちまちきれいになった。夜になれば指先を鳴らすだけで、光が灯った。触ってもけして火傷《やけど》をこしらえない火は体を温め、安全に使用することができた。葡萄畑の葡萄はたわわに実り、葡萄酒も大量に生産された」

ヤマナシと呼ばれる天の国にある使者の故郷のある地域は、葡萄酒の生産がさかんだった。経済の要《かなめ》として使者が真っ先に手を出したのは葡萄と葡萄酒作りだった。

アットの説明によると、使者の作った葡萄酒は高値で取引され、タグギア産の酒ほしさに多くの者が詰めかけたという。葡萄酒には購入個数ごとに税金をかけたが、人々はありがたがってそれを気にも留《と》めなかった。ただし、教会だけはかたくなに葡萄酒の購入を希望することはなかった。

「祝福の力をはりめぐらせて、町を運営することに成功したんです。それだけじゃない。

彼は交通の便を格段に良くした。ロバや牛、馬頼みだった移動手段を、鉄の塊《かたまり》が走り抜けるようにすっかり変えてしまった。二本の鉄の棒を並べた道を整え、その上に祝福の力を通す鉄線を架け渡した。こうして鉄の乗り物は使者の力で動くようになったのです。まるで夢物語の世界のように。これをきっかけに、たちまち使者は立場を強くしました。……ジーン？」

「いや。さっきから、なんというか既視感《きしかん》というか……なんでもないんだ」

再び激しく頭痛をうったえはじめた額を押さえ、ジーンは曖昧《あいまい》に笑った。使者の故郷は、葡萄酒の産地か。どこかで聞いたことがある。鉄がものを運ぶことも。いや、使者の作り上げた町のことなんて今初めて聞いたんじゃないか。なにを考えているんだ、俺は……。脳裏に、夢で見た女の子の姿が浮かんだ。めずらしい服を着て、甘ったれたようにしゃべる彼女。

混乱する思考をなだめ、ジーンは続けてくれ、とうながした。

「もちろん、タグギアの民は月冠の使者に感謝しました。そして彼とネルジェス国王に忠誠を誓ったのです。こうなるとあせったのは、使者の提案に難色を示してきた国王の側近たち、そして変わらず使者を受け入れられない教会側の人間たちでした」

月冠の使者は、神罰という言葉をよく使うようになっていた。

「罰は与えるもの。しかし、なにも与えられないことが罰になることもある」

「……」

使者は明らかに力を独占しすぎていた。もう祝福持ちという祝福持ちから、強奪し尽くしていた。月冠の使者の来訪という「災難」にそなえ、祝福持ちを秘密裏に隠す教会もあるほどであった。巡礼の旅に国王軍も同行し、抵抗する者は力にものを言わせて黙らせていった。

「まず、私の提案をばかげていると一蹴《いっしゅう》した、あのハゲジジイの統治してる場所はどこ？」

「デザヌ地方ですか」

「そこには水の一滴も運ばない。でも、そこの地方の民がタグギアで暮らしたいというのなら止めはしない。人がいなくなったら税金も徴収できない。あいつはまもなく私にひれふすはず。そのように手配して」

「……かしこまりました」

たしかに、あそこの領主はいくたびかネルジェス国王の方針に楯突《たてつ》いている。しばしの間反省をうながすという意味では、効果のある方法なのかもしれないが。

「期間はどれくらいを目安に？」

「あのジジイが謝ってくるまでに決まってる。次に、私が巡察に行ったときに、ひどくつっけんどんだった老人のいた教会はどこ？」

「王都から南下した、アライア地区の教会になります」

「ここにもいっさいの祝福を与えるつもりはない。自給自足生活で、原始人みたいに暮らせばいい」

「しかし……」

ネルジェス国王の願いは、国民の信頼を取り戻すことだった。ただでさえ祝福の力を集めて回ることに対して、使者は反感を買っている。地域格差を意図的に作り上げるなど、さらに悪感情を抱かせるのではないか。

「つべこべ言わないで。私が誰だかわかっているの？」

このときのルーシャは、すっかり発言権を失っていた。すでに使者に教えられることはなく、取り巻きのひとりに成り下がっていた。祝福の力をぞんぶんにふるう月冠の使者に、憧《あこが》れを抱く人間が現れはじめたのだ。使者を嫌う人間もいたが、女神の革命児としてあがめたてまつる人間もいた。

「ガガージ。あなたは私の言うことを聞くよね？」

「もちろんでございます、使者様」

月冠の使者の新しい従者、ガガージ。彼はみずからすすんで祝福の力を差し出した人物である。

「私はもともと教会の幹部候補でしたが、以前から白の国《アスプロ》の教会のやり方に疑問を持っておりました。しかしこの身に祝福の力がある以上、彼らの庇護《ひご》下に甘んじていたことも事実です。私は女神カルギリアスの教えを、正しく広めたい。そのためには腐りきった教会組織から出る必要がありました。本当に正しいのはただの人が作り上げた教会ではない。女神の化身そのものです」

なめらかにそう話す彼を、使者はたいそう気に入った。どこへ行くにもガガージを引き連れた。彼の弟弟子であるアットとルーシャが出会ったのは、このときであった。

「こちらのアットは私の後輩で、神学校の優秀な生徒です。光の祝福を持っています」

あどけない顔をしたアットは、おそるおそる使者の様子を窺《うかが》っている。

「ふうん。たしかに光の力はまだ持ってなかったね」

使者はアットの額に指先を当て、息をするように力を取り上げた。

そして、己の鎖骨をきらきらと輝かせた。

「すごーい。ラメが入ってるみたいでかわいい」

「あの……」

「あなたの能力、大事に使わせてもらうね」

ルーシャは、アットが不憫《ふびん》でならなかった。彼が生まれてから大切に守ってきたはずの力は、使者を飾り立てるためのものではなかったはずなのに。

使者は日々を重ねるごとに傲慢になってゆく。

彼のそばにいた自分なら、こうなる前に止められたのではないか。献上されたごくわずかな力だけを使い、人々を助けようと説得できたのではないか。それを己の立場だなんだと言い訳して、月冠の使者の暴走を止められなかった。

(彼を止めるのも、俺のつとめだ)

使者が降臨して、人々の生活は格段によくなった。それと同時に、傷つく人間も増えた。これを良しとしたままでは、歯止めがきかなくなってしまう。

近い将来、必ず問題が起きる。彼の身の安全を守るためにも、誰かが提言しなくてはならなかった。

「国王陛下、お時間を」

ネルジェスはたいして驚きもしなかった。いつかルーシャが行動に起こすと悟っていたに違いない。

ルーシャは、ネルジェスに弓を引いた一族の血が流れる男である。

「月冠の使者について、お話ししたいことがございます」

一世一代の、勇気をふりしぼった行動であった。


玉座の間は、人払いがされた。

わかっているくせに、ネルジェスはとぼけたようにたずねた。

「さて、まじめくさった顔で話とは？」

「おそれながら、月冠の使者の最近の行動は目に余ります。たしかにタグギアの祝福供給は成功例となりました。だが祝福の力を制限したり、強奪したりすることは、どんなに使者が望んだとしても止めたほうがいい。使者は感情で動きすぎる。それはひずみとなり、世の中を不安定にします」

ネルジェスは、ルーシャの訴えを静かに聞いていたが、やがて視線を天井画へうつした。慈愛に満ちた女神の絵をながめてから、彼はつまらないものを見るかのように、ルーシャに視線を戻したのである。

「目に余る？　あれは月冠の使者だぞ。もともと我々の目の届くところにおさまるような者ではない」

「しかし、陛下。格差は今この瞬間も確実に生まれています。月冠の使者が人々の生活水準を操っているのです。民は彼の機嫌を損《そこ》ねぬよう、おびえながら暮らしている」

「これでいいのだ。むしろ使者は歴代の使者のなかでもずばぬけて良き能力を得ている。人から戦う力を奪い取り、己のものにする力。これ以上に神がかった力はあるまい。神というものはいつだって傲慢だ。自分が生まれる環境すら、自由に選ばせてなどくれない。格差が広がることが問題だと？　使者が降臨する前から、格差は我が物顔でこの世界ではばをきかせていた。まともな親に恵まれず、泥水をすすって生きる子どもがこの国に何百人、何千人いる？　生まれてまもなく病気となり、治療も受けられない子どもは？　そして――親きょうだいの身勝手なたくらみによって、何年も投獄されていた者は？」

「……」

「お前にはよくよくわかっているはずだぞ」

親が、兄たちが、ネルジェスに反旗をひるがえしたりしなければ、今頃ルーシャは軍人としてそれなりの地位につき、誇り高く生きていたことだろう。

ネルジェスは窓辺に歩み寄り、空を見上げた。真っ赤な月がぬらぬらと輝いている。

「月冠の使者の言《う》う通りだ。そもそも祝福の力を『持つ者』と『持たざる者』がいることが、この世に生を享けて直面する、初めてかつ最大の不平等だ。私は祝福の力を持たずして生まれた。祝福の力を持つ者を、内心うらやましいと思ったことがないというのは嘘になる。持たずして生まれた者は、劣等感にさいなまれる。彼はこの世界を正しく導こうとしているのだ、私はそう考える」

「――本当のことをお話しください、陛下」

御託《ごたく》はいい。「月冠の使者は世に平等をもたらすために遣《つか》わされたのだ」という台詞《せりふ》は、不満を持つ家臣をなだめるときにネルジェスが使う常套句《じょうとうく》だ。お決まりの言葉で流されるほど、ルーシャとネルジェスの付き合いは浅くない。

「月冠の使者は、浅はかです。まるで贅沢《ぜいたく》を覚えたての若い娘のよう。奪った力を装身具のように身にまとうのも、気に入らない人物が住んでいる地域には祝福を与えないのも、あまりにも幼稚で無神経すぎる。人から力を取り上げるならば、それ相応の配慮は必要です」

「月冠の使者は心くばりもできぬ、愚かな人物である。そう言いたいのか？」

「……現時点で、尊敬できる人物とは言えないと思っています。それはすべて私の責任です。私がきちんと教育すればこのような事態は生まなかった。だからこそ、今からでも使者を使者らしく導くべきです。はじめから私の役目はそうだったはず。使者を使者らしく、それが――」

「それは、使者が祝福の力を持っていないと思っていたときの話だ」

「陛下」

「事情が変わった」

ネルジェスはマントを引きずり、ルーシャのそばまでやってきた。

「歴代の使者は、教会が大切に守り、育て、時として王の政敵となった。だが今回の使者は違う。阿呆の教会の偏屈どもが彼を早々に見限ったおかげで、使者は私のもとへやってきたのだ。私の玉座をたしかなものとするためには、絶対的に私の味方になる使者が必要だ。もはやタグギアの成功例で使者を偽者《にせもの》と決めつける輩《やから》もいない。使者がどのような人物であろうが私は構わない。幼稚で無神経なのではなく、天の世界から降りてきたからこそ無垢《むく》で無邪気なのだと捉える。なにより彼がいれば、不可能も可能にできる」

王は突然、高らかに声をあげた。

「そうだろう、使者よ」

ルーシャは振り返る。扉の前に、月冠の使者が立っていた。

「いつの間に……」

「音の力があれば、自分の足音くらい消せる。ガガージからもらったものだよ。便利でしょう」

　使者はわざと足裏を叩きつけるようにして歩くが、靴音ひとつ響かない。

「ルーシャ。残念だよ。あなたって口うるさいけど、なんだかんだいって私のこと気に入っているんだと思ってた。はじめの頃、優しくしてくれたのもあなただけだったし。それとも、最近はガガージばかり可愛がってたから焼きもちとか？」

「……ガガージはあなたの言うことを聞くだけだ。あなたのためにはならない」

　彼のような信奉者がそばにいるおかげで、余計に使者は増長する。

「それを焼きもちっていうんだよ。それとも、ガガージじゃなくて私に嫉妬してる？　私がきれいで、なんでもできるから」

　月冠の使者は得意げに笑ってみせた。下品な表情ですら、彼にかかると美しかった。それは認めなくてはならない。

　ルーシャは嘆息した。

「あなたは変わった。以前はもっと臆病で、誰もかれもを疑ってかかっていたが、どこか人間らしいところもあった。不安そうなあなたを、なぐさめてやりたいと思ったこともあった。だが今はただ傲慢なだけだ。外見がいくら美しくとも、あなたが軽薄なふるまいをすれば、人は離れてゆく」

「あのさあ。美しくて強いって、無敵なんだよ。誰も私を注意できない。誰も私を貶《おとし》めることができない。私より美しくなくて弱い人から言われても、なんにも説得力ないから。人は中身なんて薄っぺらいこと言ってるやつ全員の頬を、この力ではたいて言ってやりたい。ではあなたがたは、美しい者に惹かれたことは一度としてないわけ？　女神が美人に描かれているのはなんで？　女神がしょうもないブスでなんの力もない女だったら、あなたがたは本当にカルギリアス教を信じた？　違うでしょう。祝福の力を自分を輝かせるために使って、なにが悪いって言うの？　あなたたちの望む姿になってるだけだよ」

天井画の女神が、三人を見下ろしている。皮肉なまでに美しく描かれた女が。

月冠の使者は指先に光の祝福をまとって自身の腕をなでると、肌を輝かせた。砕け散った宝石のように、白い肌がきらめいている。

使者は腕を左右に揺らし、その光の粒を堪能《たんのう》しながら言った。

「でも、私だって鬼じゃない。一回くらいは聞かなかったことにしてあげてもいいよ。あなたが心配してくれるのはもっともだもの、ルーシャ。私には敵も多い。まあ、取るに足らない雑魚《ざこ》ばっかりだけどさ。味方でいてくれるなら、ガガージの部下として私のそばに置いてやってもいい」

「月冠の使者よ」

「聞いちゃった以上は、私の一の従者にはできない。あなたは女神に反逆したのと同じだよ。私のことを否定したんだもの」

　めちゃくちゃだった。月冠の使者の言葉に、ネルジェスはいっさい口を差し挟むこともなかった。ルーシャは己の孤立を自覚した。

「私の力をお返しください」

　ルーシャは月冠の使者をねめつけた。

「は？」

「私はもうあなたに仕えることはできない。私の祝福を返してください」

「嫌。なんで返さなくちゃいけないの。これはもともと女神の力なんでしょ。それなら私の力と同じ」

「同じではない。私は信心深い人間ではなかったが、今ならわかる。月冠の使者よ、あなたは女神の化身でもなんでもない。ただの堕落した子どもだ」

「なにそれ。せっかく助けてあげようと思ったのに。だる……だいたいあんた、逆らえる立場なの？」

　使者は手のひらに炎を出現させた。懐かしい気配がした。

　あの頃の――ルーシャが指さきに灯した火を、新鮮な驚きでながめていた彼は、もうどこにもいない。いつからこんなふうに、互いに落胆のまなざしを向け合うようになったのか、誰にもわからなかった。

「自分の力に焼き殺されなよ」

手を突き出されるが、ルーシャはたくみによけた。使者は武芸をたしなんでいたわけでも、戦の経験があるわけでもない。身のこなしは並みの男以下だった。いくら力を得たとしても、それを使いこなせるかは別問題だ。

炎がルーシャの衣服を焼くと、月冠の使者は反射的に手を引っ込める。彼が火だるまになるのをどこかで恐れているのだ。ただの脅《おど》しのつもりか。

ネルジェスが剣を抜いた。

「もうよい、月冠の使者よ。貴重な祝福の力を、そのようなつまらぬ者のために使うことなどない」

「え……」

「もとよりこいつは裏切り者の一族の出だ。月冠の使者を表に出せないときであったからこそ必要だったものの、今となっては不要の存在。それに使者について知りすぎた。我々のやり方にさからうのならば殺すべきだ。使者の手は煩《わずら》わせぬ」

「ちょ、ちょっと」

使者が困惑したような声をあげるが、ネルジェス国王は本気だ。その目は血走っており、剣を振るう手にもためらいがない。

ルーシャは玉座の間に入るとき、衛兵に剣を預けてきてしまっている。ネルジェスの剣を防ぐことはできない。王が振るう大剣をよけると、床に深い亀裂が入った。

（どうすれば――）

迷っている暇《いとま》はない。背中にはネルジェスのさらなる追撃が迫っている。

斬られる。そう覚悟したとき、無数の光がまたたいた。月冠の使者がなにかをしたのだと思ったが、振り返らなかった。

「そうして俺は逃げた。兵が追ってきて、逃げ場などないように思えた。己の最期《さいご》も覚悟していた。そのとき俺を救ってくれたのが、ここにいるアットだ」

アットはうなずいた。

「私は、月冠の使者の考えにどうしてもなじめませんでした。ガガージの言うがままに使者に力を差し出したことを後悔しはじめていたのです。ルーシャも同じ考えを持っているということをどこかで感じ取っていました。ただ失望を抱きながら使者に仕えていた私とこの人は違う。いずれ必ず行動を起こす人であると直感していました。私はそのときになったら力になろうと決めていたのです。そのときは、思ったよりも早くやってきたのですが」

アットは教会から小型船をひとつ盗みだし、ルーシャと共に逃亡した。月冠の使者の力をもってすれば、彼らを追跡することは造作もないはずだった。だが不思議と追っ手をまぬがれ、彼らは長い海の旅を経て、黒の国《マヴロ》へとたどりついたのだった。

「そんな壮絶な過去があったとはあ、思いもしなかったねえ」

ダンは感心したように言った。

「それで、今は黒の国で命の心配をすることもなく平穏に暮らせて、めでたしめでたしということか？」

「違います。我々は白の国《アスプロ》の問題に、再び介入するつもりでいるのです」

「なんでまた。今度こそ殺されてもおかしくないだろ」

「白の国はひどく荒れているはずです。女神の衣のおかげで情報は少ないですが、それでも神託の島へ行くことができる修道士から話を聞けばわかります。白の国では徹底した身分制度がしかれ、最底辺に置かれた祝福を受けられない者たちは、その日の食べ物にも事欠くありさまです。船を操縦できる人間のみを残し、教会は強制的に解散させられました。島に上陸できるのはネルジェス国王の家臣と、ガガージに従う修道士のみ」

ジーンはなにも知らずに、「白の国は恵まれている、楽園のような場所なんだ」と思い込んでいた。両親がそこにいるかもしれないという他愛《たわい》もない想像が、より期待をふくらませる要因となっていた。

だが実際はどうだろう。このレ地区より貧乏をしている人が存在して、それに対して手を差し伸べようとする者もいない。手を差し伸べるべき国王や使者は、それを当然の罰として考えているのだ。

（なにも知らないで……のんきに丘から女神の衣をながめていたんだな、俺は……）

ルーシャやアットがどのような思いでこの国に来たのか知らずに、さんざん無神経なことを口走っていたかもしれない。

ジーンは驚きや落胆と共に、己を恥じた。

「人々は困惑している。これまで彼らの心のよりどころは教会だった。教会がなにもかも正しいとは言わないが、使者不在の間に、民を支え続けたのは教会だ。こうなってしまった以上、人々は希望すら失ってしまったのだ。月冠の使者はネルジェス国王と結託し、祝福の力を与えないという『脅し』によって人々を支配している。俺はそれを止めたい」

ルーシャはまっすぐにジーンを見つめる。

「白の国だけではない。黒の国にも、月冠の使者の魔の手は及んでいる。ジーン、お前が襲われたのも、もとはといえば俺の責任だ」

「待てよ。ということは、あの怪情報の黒布《こくふ》の男って、月冠の使者だったってことか⁉」

タジラは素っ頓狂な声をあげる。

月冠の使者は次の祭典の場に姿を現す。もう自分に従わない人間はいない。男の使者として、堂々と祝福の力による白の国《アスプロ》の統治を宣言する。

「俺はいっとき、彼のことを、実の弟のように思っていた。止められるのは俺しかいないんだ」

「そこまで事態がすすんでいるならもう止められないだろ。祝福の力をもっと上手に使ってください、せめて黒の国《マヴロ》に手を出すのはやめてくださいってお願いして、言うこと聞いてくれるのかよ」

ダンの言葉はもっともだった。

「どうするつもりなんだ」

「俺は……どんな手を使ってもいい。この命と差し違えても、月冠の使者を止めるつもりだ。俺たちの計画が成功すれば……ジーン、お前のような祝福持ちが安心して暮らせるようになる。今しばし辛抱してほしい。力及ばず危険な目に遭わせて、すまなかった」

ルーシャはひどく真剣に、ジーンに許しを乞うた。

*

赤い月を見上げる。

いつもと違う色あいに感じるのは、ルーシャの長い身の上話を聞いたからか。

ルーシャとアットが外の様子をたしかめるために宿を出ていくと、ジーン、ダン、タジラはしばし放心していた。誰もなにも口をきかなかった。

雨はいつのまにかあがって、汚れだらけの窓から、朝焼けが射し込んでいた。

ルーシャは三日後に神託の島へ向かって出発するという。今度こそ、月冠の使者を止めるために。

「どう思う」

ダンから声をかけられ、物思いにふけっていたジーンは我に返る。

「いや……あまりにも突拍子《とっぴょうし》もなさすぎて、正直どうとも言えないよ」

「だよな」

——けれど。

月冠の使者。ルーシャの話に登場する彼の存在が、あまりにも引っかかる。ニホンという国。トウキョウ。ヤマナシ。葡萄酒。

（初めて聞く話のはずだぞ）

　やたらと美しいという男。――あの、黒布をかぶった、月冠の使者。

「お前さ、神託の島に行くつもりだろ。ルーシャと一緒に」

「え？」

「なんかもう顔がさ、本気だったから。なんかたしかめなくちゃいけないことがあるぞ、っていう」

「よくそこまでわかるな」

「わかるさ。何年一緒にいると思ってる。まあ、お前も祝福持ちだ。同胞が力を奪われて虐《しいた》げられてるなんて放っておけないよな。ルーシャだっていいやつだし。なんか気が合うみたいだし、お前ら」

「それはそうだけどさ……」

　ダンはめずらしく、まじめったらしい顔をしている。

「でも、俺は行かない方がいいと思う。使者に刃向かうなんてとんでもないことだ。成功してても失敗してももろくなことにはならん。それに月冠の使者はネルジェス国王と結託して、完全に勝者ってわけだろ。お前がルーシャのために首をつっこんだとしても、水の力を取られて終わりだ」

「わかってる……」

　実際に、一度力を奪われかけているのだ。ルーシャがいなかったら、今頃どうなっていたか。

　黒の国《マヴロ》の王、ザリラクスは月冠の使者に脅威を感じている。彼を止めることが目的と言えば船を出してくれる。こっそりと出航するつもりなので、顔を合わせるのは今日が最後になるかもしれない――。ルーシャはそう言い残して去っていった。

「お前はせっかくこの国で命を拾ったんだ。無駄に散らすことなんてないさ」

　力強く肩を叩かれ、ジーンは黙り込む。

「俺は忠告したからな。ひとりくらいはしとかないと。タジラは興奮しすぎてこれから先のことなーんも考えてないみたいだし」

　タジラはかたわらでぶつぶつと、「男の使者」「祝福の強奪」「怪情報の正体」といった単語をつぶやいている。この調子だと、しばらく眠れないに違いない。

「まあ、白の国《アスプロ》の事情なんて、こっちにゃ滅多《めった》に入ってこないからな……」

「神託の島に行くのなんてやめとけよ。どうせろくな食いもんなんてないね。俺の勘がそう言っている」

　さあ、徹夜しちまったな。少しでも寝た方がいい。ダンにうながされ、ジーンは寝床に入る。

眠気はなかなかやってこなかった。目を閉じて、彼は想像した。

世にも美しい月冠の使者と、彼と気の置けない仲だった頃のルーシャについて。

束《つか》の間《ま》おとずれた平和。たとえネルジェス国王の思惑《おもわく》があったとしても、月冠の使者とルーシャが互いに助け合い、白の国《アスプロ》に安寧《あんねい》をもたらすことはできたはずだった。

(どこから間違えた。なにを間違えた?)

使者が教会から黙殺されたせいか。使者の能力が、他人の祝福の力を奪うことだったたゆえか。それとも使い方の問題か。使者がなにも知らぬ無邪気な男だったからか。——いや。

使者は、この世界に訪れるずっと前から、心に闇を抱《かか》え続けていたのではないか。

＊

波の音がさざめいている。

ルーシャは水平線の向こうを見つめていた。出立《しゅったつ》の時間が迫っている。特殊な大渦を避けるためには、時間配分が重要だった。海流のうねりが弱くなるわずかな時間を狙い、船を進めなくてはならない。

結局のところ、すべてを話してしまった。話すつもりなどなかったのに。

（レ・ジーン。不思議な男だったな。彼といると、自分が少しだけ……）

あの頃に戻ったかのような感覚になる。まだ無力であったころの月冠の使者と、共にいた頃に。

アットは海原を見つめながら言った。

「もう黒《マヴロ》の国の陸を踏むことはないかもしれませんね」

「そうだな」

「存外、愉快でしたよ。あの三人。人と話してほっとしたのは、久方ぶりだったかもしれません。あなたがすべてを話すことにしたのも、うなずけます」

「アット」

「むかしむかし、私が平凡な少年だったときのことを思い出しました。近所に住んでいる友達と遊んで転げまわって、腹を空かせたら木の実を探しに行って、野兎やリスを獲《と》った。複雑な未来や使命なんて想像もしない。そしてこの身に、祝福の力があった。ただ女神を信じることができていたあの頃を」

「そうだな。俺もだ」

黒の国での出会いは、ルーシャとアットに人間らしさを思い出させてくれた。月冠の使者の圧政やネルジェス王の思惑から、いっときでもふたりを解放してくれた。

「トーガで使者を仕留めることができず残念だが、これも想定内のことだった。有益な寄り道だったと思うことにしよう」

「それでは、出航するとしましょうか。もう時間ですから――」

ルーシャは目を見張った。

港の端から、大きな荷物のかたまりがわさわさと移動してくる。目をこらすと、それらは雄叫《おたけ》びをあげ、手を振り、いくつもの布袋をかついでいる三人の男だった。

「まさか」

アットが声を漏らした。

ジーンだ。それだけではない。ダンやタジラもいる。

「おーい!!」

三人はめいめいに叫んだ。ルーシャは右手をあげた。そうして気がついた。こうして知人に挨拶をしたのは、いつ以来だろう。黒《マヴロ》の国に流れ着く前――もしかして、投獄される前か。もう十年以上もなかったことだ。

「ダンには、一応忠告はしてもらったけどさ」

ぜいぜいと息を切らし、ジーンは荷を地面に置いた。中身を開けると、めいっぱいに詰め込まれた果物だった。タジラやダンの袋の中は、パンや例の密造酒、薬や包帯、衣類が詰まっている。

「水はいいだろ、俺出せるし」

「なぜ……」

「なぜって、お前が話したんじゃないか。月冠の使者をぶっとばしに行くって。手持ちの金全部はたいて、物資集めてきてやったぜ」

「僕もぜひ同行させてもらいたい。正直役に立つ自信はみじんもないが、月冠の使者をこの目で見る絶好の機会を逃したくないと思って」

タジラは胸を張って答える。

「よくよく考えりゃ、俺が行くなって言ってもタジラは絶対行こうとするはずだし、友達がみんな神託の島に行くなんて、ほっとけって方が無理だろ」

「みんな……?」

「ジーンと、タジラと、ルーシャと、アット」

「私は友達になったつもりはないですけど」

アットがにべもなく言い放った。

「ルーシャが、レ・ジーンに興味をお持ちだったので、仕方なくいろいろお調べしたり同行したりするだけで、友人になった覚えはありません。あと、荷物はこんなに積めません」

「おい、冷たいな。一緒に酒飲んだじゃないかよ」

アットは素直ではない。ほっとしたとか愉快だったとか言っておきながら、本人たちを前にするとこれである。

ジーンは若干《じゃっかん》傷ついた顔をしたが、ルーシャに向き直った。

「俺、お前と行くよ。だって月冠の使者と仲良かったんだろ？　だから仲裁役にでもなれたらと思って。仲直りしたらいいいんだよ。いろいろ考えたけどさ、もしかしたらまだ取り返しつくかもしれないと思ったんだ」

「俺はそのような生半可な気持ちではない。月冠の使者と決別するつもりでいる」

「向こうは本当にそうかな？　使者は、お前のことをわざと逃がしたように思える」

「……」

時折思うことがある。ネルジェス国王があれ以上ルーシャを追ってこなかったのは、月冠の使者が頼んだからではないだろうか。

そう思うと、決意が揺らいだ。海を越えてしまえば、女神の衣がルーシャを守っていた。ここで新しい人生をはじめてしまうほうが、よほどいいのではないかと――。

「過去と決別したいのは、お前の方だろ、ルーシャ。でもがむしゃらな方法を取る必要なんてないと思う。俺はどうしても、過去の自分に何があったのか知りたい。あの頭痛、あの顔……月冠の使者は、おそらく俺の過去に関係のある人物なんじゃないかと思う。たしかめる機会はこれしかない気がするんだ。お前の船に乗るよ。結果的に月冠の使者がおとなしくいい使者やっといてくれりゃ、お前に手を貸したザリラクス国王だって満足するんだしさ」

「そう簡単にいくかねえ。俺はあの世にうまいもんがあるとは到底思えないし、いざというときゃジーンとタジラ連れて逃げるぞ。悪いが、そのために同乗させてもらう」

「わかった」

五人の男はめいめいに、互いの顔をながめていた。目的は別だが、行き先は同じだ。

「行こう、神託の島へ」

運命の時は、刻一刻と迫っていた。

Apostle of The Moon Crown
Chapter IV

第四章　神託の島

——ツカサ。

——ツカサ、起きて。もうすぐ目的地だよ。

俺はツカサじゃない、とジーンは言いかけたが、くちびるが鉛《なまり》のように重たくなって、ぴくりとも動かない。

夢の中で、あの不思議な女性が出てきた。今まで靄《もや》がかかったようにはっきりとしなかった顔に、誰かの顔が重なった。

(月冠《げっかん》の使者だ)

赤い満月の夜、めくれたフードからあらわになったその姿。男にしては美しすぎるその顔を、よく覚えている。

ジーンは、鉄でできた狭い乗り物に乗っていた。そばには窓があって、ガラス越しにうつる自分の顔は、あの月冠の使者と同じ顔をしていたのだった。乗り物はすさまじい速さで移動している。隣に座って大きな円形の取っ手を軽快に動かすのは、あの女性だ。

彼女の腕には、銀色のブレスレットが巻かれていた。月の飾りと、赤い石が揺れている。

(きょうだいか？　このふたりはよく似ている)

ガラス越しにうつる「ツカサ」とそう年齢が変わらないように思えるから、親子というわけではないのだろう。

しかし、この推論には腹の底にわだかまるような違和感があった。

（これ……夢だよな。じゃあ目覚めるまで様子を見てみるか……）

月冠の使者と自分。他人とは思えない彼と自分。もしかしたら、これはジーンの中に眠る古い記憶で、真実を知る手がかりになるかもしれない。

「目的地って、ここどこ？　ずいぶん走らせてるし、休んだ方がいいんじゃ……」

月冠の使者――ここではツカサと呼ばれている男――は、女性の顔色を窺《うかが》っているようである。

「どこだっていいじゃない」

どうやらこの乗り物を動かしているのは、彼女のようだった。

「どこか寄りたいところでもあるのか？」

「ない。目指しているのは死だけ」

「は？」

「あのね……ツカサ。もうこうするしかないの。どんなに顔を似せようとしても、私はあなたほどきれいになれない。他のきれいな誰かにあなたを取られるくらいなら、いっそこのまま一緒に死にたいの」

「おい、なに考えてるんだよ」

「あなたみたいになりたかった。それがそんなにいけないことなんて、知らなかったの」

鉄の乗り物は速さを増す。どんどん、どんどんと。ツカサの――ジーンの心臓も、早鐘を打つ。

これ以上は思い出してはいけない。自分自身が、心の奥底から警告している。

これは、開けてはいけない記憶。記憶の海にさらわれてなかったことにすればいい。そうでなければツカサ……俺は……レ・ジーンとしての人生を生きられない。


目覚めたときは、ぐっしょりと汗をかいていた。

ゆらゆらと視界がおぼつかない。動揺しているのかと思えば、ここが海の上であったことに気がついた。

「大丈夫か？」

ランプの明かりに照らされて、ルーシャの顔が浮かび上がった。

「ひどいうなされようだったが」

「俺……どうしたんだ？　今どこにいる？」

「まだ寝ぼけているみたいだな。もうすぐ大渦の付近を通る。俺たちは神託《しんたく》の島に向かうんだ」

　ああ、そうだった。たしかルーシャが月冠の使者と刺し違えようとするのを止めようと──そして、自分の出生の秘密を知るために、ジーンは船に乗り込んだのだった。

「大渦が近づいたあたりで、お前は急に頭を抱《かか》えて苦しみだしたんだよ。もともとひどい頭痛持ちなんだろ？」

「そう……昔の記憶に触れようとすると、そうなる」

　ルーシャが真剣な面持《おもも》ちになった。

「お前と月冠の使者は、過去になんらかの関わりがあったのかもしれないと言うが……月冠の使者とどこで出会ったと言うんだ？　彼の姿を見たのは、あの夜が初めてだったんだろ？」

　そう。ルーシャの話によると、月冠の使者は降臨してすぐに、神託の島で保護されていた。その後にザリラクス王とネルジェス王の間で協議があり、ネルジェス王が使者を引き取ることになった。彼の姿を誰にも見せないよう、ネルジェス王は細心の注意を払って国に連れ帰ったのだ。黒の国《マヴロ》で日雇い労働をする一庶民、ジーンとは出会いようもない。

「ツカサという人物を知っているか？」

　ルーシャにたずねてみる。彼は記憶をたぐりよせているようだった。

「たずねられたことはあったな。『ツカサはこの世界にいる？』と。月冠の使者は人捜しをしているようだった」

黒布で身を隠し、祝福持ちを襲撃した際にも、毎回その名を口にしている。月冠の使者にとって特別な人物なのは間違いがない。

今のところ鍵は「ツカサ」で「月冠の使者はその人物を捜している」ということだけだ。そのツカサや月冠の使者とジーンがどう関係しているのかもわからない。

濡らした手巾《ハンカチ》をしぼり、ルーシャはジーンの額《ひたい》に当てた。

「神託の島が近づいて、緊張しているのだろう。頭痛もそのせいだ」

「いや、緊張しているのはむしろお前の方なんじゃないのか……？」

「緊張など通り越した。あるのは使命感だけだ」

ルーシャの言葉はさっぱりとしていた。その様子が、かえってジーンを不安にさせる。

「どうやって月冠の使者に近づくつもりなんだ」

「月冠の使者は神殿での儀式をやり直すつもりだ。降臨したてのころ、なにもすることができずに偽物《にせもの》と決めつけられた、あのときの雪辱《せつじょく》を晴らすために。そのときが機会だ」

「まさか、儀式の最中に斬りかかろうと？」

「他に何ができる？」

無策もいいところではないかと思ったが、ルーシャが軽率にそのような行いに及ぶはずもない。彼のことだ、なにか考えがあるはず。

「月冠の使者は、どうやって能力を見せるつもりだ？　他人の能力を奪う力だよな。人の前で、奪ってみせるほかない。まさか黒《マヴロ》の国の修道士から奪い取ったりしないよな？」

ジーンがたずねると、ルーシャはくちびるのはしをあげた。

「まさか。堂々とそんなまねをすれば国際問題に発展しかねない。あの黒布をかぶって国境付近でやっている悪さも、おそらくは使者が隠れてやっていることだろう。黒の国ともめることを、ネルジェス国王は嫌っている。だが祝福の力が『強奪』の性質を持つことは知らしめたいはずだ。ザリラクス国王に脅《おど》しをかけるためにな。その気になれば使者は壁を越え、黒の国の祝福持ちからをも力を刈り取ってみせると暗に脅迫する狙いだろう。俺の読みでは、ネルジェス国王はそのために祭典に使者を出席させることにしたんだ」

「白《アスプロ》の国からいわゆる『生け贄《にえ》』……祝福持ちを連れてきて、力を奪い取ってみせるってことか」

つまり、祝福の力を披露《ひろう》するには、使者のほかに祝福持ちがもうひとり必要だということだ。

「俺はその祝福持ちと入れ替わり、使者の前に姿を現す」

「危険じゃないのか」

「まさか神聖な儀式の場で、俺を殺したりしない。だが生け贄と俺が入れ替わっていることに動揺するはずだ。その隙《すき》をつき、俺は告発をする。月冠の使者から祝福の力を奪われたこと、それは女神の威光を笠《かさ》に着た略奪行為であり、その力で人々を支配しようとしていること。この男は、女神の化身《けしん》を騙《かた》った恐ろしい人物であるということをだ」

たしかに、それで儀式はめちゃくちゃになって、月冠の使者の面目はまるつぶれになるだろう。しかし神託の島には限られた人物しか上陸できない。たとえルーシャが告発をしたとしても、そのことは伏せられ、祭典が終われば白の国《アスプロ》はなんら変わることなく現体制をつらぬくことになるだろう。

「やっても無駄なのではと言わざるを得ないな」

「しかし、黒の国《マヴロ》側の教会はこれで大義名分を得られる」

「どういうことだ?」

「カルギリアス教を悪用し、国民から搾取《さくしゅ》するネルジェス国王。同じ聖地を共有する側として、これを許すわけにはいかない。黒の国が神託の島を独占する口実を得る」

そのために、ザリラクスは解散させられた白の国の旧教会組織を味方につけたい。両国の教会組織がひとつにまとまれば——。

「いずれ女神の衣《ころも》は失われ、ザリラクス国王のもと、国は再び統一される」

「女神の衣が消える保証なんてないだろ」

　ジーンはあきれたような声をあげた。

「だがこのままではじり貧だ。それに月冠の使者が国内で祝福の力を集め終われば、黒の国に侵略の手を伸ばすのは時間の問題。今『黒布の男』に襲われているのは祝福持ちだけだが、それだけで済むと誰が言える？　強大な力を得た者は、それを使わずにはいられない。その前に手を打ちたいと、ザリラクス国王は考えている」

　しかしその戦いの火蓋《ひぶた》を、自《みずか》らが切るわけにはいかない。ザリラクス国王は女神の衣の出現を目の当《ま》たりにした。女神の怒りに触れればどうなるか、痛いほど理解している。

「あくまで俺という白の国の人間が、自国の王ネルジェスと使者の在《あ》り方についてぶつかりあい、戦いを挑むというのなら、黒の国側は女神の怒りには触れないだろう。ザリラクスはそう判断した」

「なんかずるいだろそれ。神託の島と白の国の教会をほしがっているのはザリラクス王だっていうのに」

「だが俺と利害は一致した」

「お前はそれでいいのかよ。月冠の使者がどんなにねじまがってしまったって、それってお前だけの責任じゃないだろ。命がけで止めなきゃいけない理由なんてあるのか？」

「俺には王に弓を引いた一族の血が流れている。もう守るものもない。かつて牢の中でも何度か死のうと考えた」

ルーシャは在りし日の己《おのれ》の姿を思い浮かべているようだった。

ジーンは想像した。薄汚い牢の暗闇の中で、鎖につながれてうなだれる青年の姿。顔色はくすみ、無精ひげが生え、髪はべっとりと油ぎってぼさぼさに乱れている。以前の、出世頭《がしら》としてもてはやされた彼の面影《おもかげ》はない。

「夜中、こっそりと己の指先に火を灯《とも》した。祝福の炎だ。その火の揺らめきをながめて、俺は思った。この消え入りそうな命の灯火《ともしび》をもう一度燃え上がらせられるときが来るのなら、そのときは、自分の魂に恥ずかしくない生き方をしようと」

「……」

「だが牢から出て自由を手にすると、俺はそのときの気持ちを忘れてしまった。自分が生き延びるために、なんでも言うことを聞くだけの従者に成り下がった。俺が関わったことで、月冠の使者は道を誤ったのだ」

「面倒なやつ。一度は助かって幸運だったと思えばよかったのに」

不器用にしか生きられないルーシャは、たとえ祝福の力を奪われてしまったとしても、その魂を燃え上がらせているように見える。

「でも、面倒なやつって、実は嫌いじゃないぜ」

「……どうも」

「俺はどうしたらいい？　協力するにはさ」

「生け贄と入れ替わるときに、他の連中の注意をそらしてほしい」

「俺の祝福の力で、盛大に水出して配ればいいか」

「それがいい」

だいたいの作戦が決まった。船は島に到着し、修道士とやりとりをしていたアットが合図を送ってくれた。上陸だ。

「体調は大丈夫か？」

「ああ。お前と話していたら、だんだんよくなってきた。健闘を祈ろう、お互いに」

ジーンとルーシャは目を合わせ、深くうなずきあった。

*

頭が痛い。

しめつけるような痛みが襲いかかり、月冠の使者は思わずうめく。神託の島に到着してからというもの、ずっとこの調子だ。

「月冠の使者よ。明日の式典の出席は――」

「問題なくやってみせる。だから今は放っておいて……」

ガガージは黙礼をする。だが、修道士のひとりが甲高《かんだか》い声で近づいてきた。

「使者よ、お飲み物をお持ちしました。それからお好みの甘い果物も――」

ガガージが厳しい声音《こわね》で、「今はよせ」と言うが、月冠の使者はかんしゃくを起こした。

「放っておいてって言っているのが、聞こえなかった⁉」

「も、申し訳ございません」

「もういい！　ガガージ！」

すかさず彼はひざまずいて頭《こうべ》を垂れた。

「なんなりと、月冠の使者よ」

「捜してほしい人がいる……タカミネツカサという名前の男、もしくはその名に聞き覚えのある男」

ガガージはけげんそうな顔をしている。

「その人は修道士ですか？　神託の島にいらっしゃるのです？」

「ずっと捜している人物なの。少なくとも白の国《アスプロ》にはいなかった。気配を探ってみたけれど……」

「探知能力の祝福ですか。かなり負荷がかかる力のはずだ」

　この祝福を手に入れたとき、一晩寝込んだ。人捜しには便利な力だったが、それなりの代償を伴った。

　あの日以降、何度も女神の衣を越えたけれど、くだんの人物は隠されてしまったようだ。祝福持ちを狩りすぎて警戒されたか。人捜しのついでに力を奪い取っていたのがよくなかったのかもしれない。

「本当に必要なとき以外使うのはやめておきましょうと、お話ししたはずでは……」

「うるさいな。あなたまでルーシャみたいなこと言わないでよ」

　にらみつけると、ガガージは「口が過ぎました。お許しを」とすぐに引き下がった。

　ガガージがもし怒りにまかせ、こぶしをふりあげたら。同じ男でも、腕ずくなら月冠の使者は負けるだろう。軟弱で、ろくに戦った経験もないし、祝福の使いすぎで身体機能はぼろぼろだ。それでも彼らは行動にうつさない。使者の祝福の力や女神のたたりが恐ろしいのももちろんだが、「祝福を奪われた自分は無力だ」と半ば信じ込んでいるためだ。そして、本能的に「美しさ」を敬い、畏怖《いふ》しているのである。

　人は愚かな思い込みで、みずからの行動を制限してしまう。

初めて他人から力を奪ったとき、月冠の使者は優越感で満たされた。あのとき――。

「そう。ルーシャだ。彼と一緒にいた」

「彼は追放したはずです」

「生きていた。そして私の捜し人と一緒にいた。ルーシャを追えば、きっとツカサも出てくるはず」

「どこで見たのです」

「どこだっていいでしょう」

おそらく、ガガージはすでに気がついている。月冠の使者が女神の衣を越えて悪さをしていることに。

「ルーシャがあのまま黙っているとは思えない。神託の島でそれらしき情報を持っている人を見つけたら、私のところへ連れてきて」

災《わざわ》いの芽《めい》は、早めにつんでおかなくては。

使者の命に、ガガージはそれ以上の疑問をさしはさまなかった。ただ淡々と従うという意志をしめし、その場を辞した。

＊

神託の島。

高くそびえ立つ崖に取り囲まれるようにして浮かぶ、神秘の島である。

神殿の背後には大滝がざあざあと水しぶきをあげている。森をきりひらいて造られた白亜の大神殿は太陽を受けて輝く美しさで、蔦《つた》が這《は》う月を彫刻した屋根を巨大な円柱が支えている。女神や歴代の使者の顔をかたどった像が、神殿の壁に彫り出されていた。その荘《そう》厳《ごん》さに、たいして信心深くないジーンたちも口を開けて立ちつくすほかなかった。

（いかん、俺たちは修道士に化けているんだから、もっともらしくしないと）

借り物のローブの裾《すそ》をつかみ、顔つきをひきしめる。

興奮するタジラをなだめ、捧《ささ》げ物の食べ物をくすねようとするダンの背を叩き、ジーンは注意深くあたりを見回した。

儀式の始まりや使者の降臨を告げる鐘楼《しょうろう》が島のあちこちに位置し、先に上陸した貴族たちがものめずらしそうに見物している。

神殿以外特段何もない島だと聞いてはいたが、思った以上に整備されていた。道は馬車の行き来のためにならされ、港は大型船が出入りしやすいように整えられている。

しかし、自然はそのままにする意向のようで、草むらからイタチが顔を出したり、見たとのないような色をしたトカゲがひからびて死んでいるのが見えた。ダンがポケットにしまおうとしていたので、さすがに止めた。

港で出迎えたのは全員が高位修道士である。彼らの引きつれた見習いは、手作りのしおりや匂《にお》い袋と引き換えに、貴族の夫人たちからちゃっかりと少額の寄付をもらっている。

「あの修道士たち、俺たちと服の色が違うみたいだけど大丈夫なのか?」

ジーンたちは黒のローブを、島の修道士たちは灰色のローブを身にまとっている。

「ここは黒の国《マヴロ》と白の国《アスプロ》の間の、いわば中立地帯です。神殿勤めの者は灰色を身にまとうことになっています。我々は黒の国から勉学のためにやってきた修道士ということになってますので、堂々としていて構いません。ちなみにあのご婦人がたが寄付したお金は神殿や島の維持費に使われます」

アットの説明で、ひとまず胸をなでおろす。

「というか、肝心のルーシャはどうした?」

いつの間にか姿が見えない。アットは複雑そうな顔をした。

「おそらく……ザリラクス王のところです」

背後に停泊しているのは大型船。大勢の軍人が船着き場を固めていた。

「ここで落ち合う予定だったのか?」

「非公式には」

アットは落ち着き払っていた。ジーンは心配そうにたずねる。

「お前……ルーシャの未来が明るくないかもしれないとわかって、黙ってついてきているのか？　今ならまだ止められるかも……」

「私は無力です。祝福の力も奪い取られてしまった。もちろんルーシャがやろうとしていることは危険であると思っています。けれど、ネルジェス王や月冠の使者は話が通じる相手じゃない。彼のやろうとしていることを私は支持する。同じように惨《みじ》めな思いをする同胞をこれ以上増やさないためにも」

アットは白の国の惨状を見てきた。虐《しいた》げられた修道士のひとりとして。ジーンには想像もつかないような辛酸《しんさん》もなめてきたはずである。

「お前のことを説得できないっていうのはわかってるさ俺も。でもさ……俺がルーシャを止めようとするのに口出ししないでいてくれよな。せめて」

「……本当は」

アットは言葉を切って、小さくつぶやいた。

「本当は、あなたに止めてほしいのかもしれません」

「アット」

「タジラの様子を見てきます。先ほどから興奮した様子でそわそわと落ち着かないみたいですから」

彼はすたすたとジーンのそばを離れてゆく。下手《へた》に単独行動をして、ぼろが出てもまずい。ジーンは船の近くでおとなしく待つことにした。

皮肉なくらいのんきなかもめの鳴き声が響く。

ザリラクス王は、いったいどんな気持ちで、ルーシャという亡命者と対峙《たいじ》しているのであろうか。


港にどっしりと停泊する大型船に、ルーシャは足を踏み入れた。高位修道士たちがひとあし先に神殿入りし、祈りを捧げる間、国王ザリラクスは船内にとどまっているという。小さな明かりが灯されたを船内をルーシャは進んでゆく。王の好みなのだろうか。魔除《まよ》けの香木の、鼻をつくような匂《にお》いがたゆたっている。

船内には居間や食堂、書斎があり、壁は貝殻《かいがら》や宝石で彩られ、みごとな細工が施《ほどこ》された椅子やテーブルをはじめ、豪華な調度品が飾られている。船とはいえまるでひとつの美術品のようであった。

「そこにかけろ」

ザリラクス王は席をすすめたが、ルーシャは従わなかった。王はつまらなそうに鼻を鳴らすと、手ずから器《うつわ》に酒をそそいだ。酒の匂いが充満し、酒樽《さかだる》の中に閉じ込められたかのようだった。酒の苦手なルーシャにはこたえる。

「首尾は上々か」

「生け贄の控え室まで、すべて調べはついております。月冠の使者の横暴を告発する準備は整いました」

できるだけ酒の匂いを吸い込まないように気をつけながら、ルーシャはきはきと答えた。

「しかし、よろしいのですか。もし私を支援した事実が明るみに出たとしたなら、今度は貴方《あなた》が誹《そし》りを受ける番かもしれない」

二十年前の戦争のとき、戦犯はネルジェスとされていた。

「月冠の使者に手をかける王か。歴史の中で、私が初めてだろうな」

自虐するようにザリラクスは笑った。

「しかし私は、すでにうんざりしているのだ。女神からも教会からも、すべてのしがらみからの解放を願っている」

「解放……ですか」

「二十年、ありとあらゆることを試した。大聖堂を建設した。病院を作った。戦死者のための慰霊もした。女神に許しを乞うため、女神に愛されるため、女神に媚《こ》びるために」

しかし、使者は降臨せず、壁はそこにあるままだった。

はじめのうち、ザリラクスはみずからの努力が足りないのだと思った。国民を救うために国庫の財産は惜しみなく使った。

「女神は神託の島にようやく月冠の使者を降ろした。なんの能力を持たない男を。そのとき、私の中のなにかがぷつりと切れたのだ。私は悟った。女神は冷徹だ。気まぐれで性悪。私が苦しんでいることを知りながら、手を差し伸べようともしない。天の上から私を見下ろし、ほくそえみ、無駄な努力をあざわらう。カルギリアス教の民は、女神は我々の母親だと教えられる。母親だから無償の愛で私たちを見守っているのだと。しかし私は女神の愛情を感じたことはない。女神にとって私は、痛めつけても痛めつけても懲《こ》りずに愛を求める、滑稽《こっけい》で愚かな息子に過ぎなかったのだ」

「……」

ザリラクスは絶望していた。ままならぬ二十年。王の心を凍りつかせるには、十分な年月だった。

「女神はたしかに母なのだろう。このような母親は、そこら中にいる。自分の息子を殴《なぐ》り、暴言を吐き、食事を与えない、でも愛しているんです、私だって苦しいんですと平気でのたまう女は。カルギリアスは母親らしいほど母親だ」

　ザリラクス国王は、女神の怒りに触れることに対して過敏になっている。だからこそ秘密裏にルーシャを支援し、今回の「月冠の使者告発計画」はあくまで白の国《アスプロ》の問題なのだという体裁《ていさい》を取り繕《つくろ》おうとしている。

（そう思っていたが……）

　その時期はとっくに過ぎていたのだ。女神を愛し、そして愛を受け取ろうとしていたときは。どんなに追いすがっても望んだような使者は与えられない。彼は女神に期待することをやめてしまったのである。

　本当のところは、自身の企《たくら》みが表に出ようとそうでなかろうと、彼はどうでもいいのかもしれない。

「あの使者を手放して惜しいとは思っていない。白の国の様子を見ればわかる。ネルジェスはいずれ自滅するだろう。女神の化身が略奪者であるということを知らしめ、黒の国《マヴロ》だけでなく、白の国の民も女神カルギリアスの教えから脱却させる。そのために神託の島が必要だ。あの島を私の支配下に置かなくては、一生母親のねじまがった愛からは抜け出せない」

「母親に対し、反抗しようと？」

「私はもう長くない。ならば残った命で、虐げられた息子がどのように刃向かうのかを女神に見せておきたいのだ。呼び出したのは、お前の気が変わっていないかどうか、それをたしかめるためだけだ」

話は以上だ。王がそうしめくくると、側近たちが退室をうながした。

暗い船内を歩きながら、ルーシャは考える。

もし、この世界を女神が見放したら。

壁がなくなり、使者がいなくなり、人が己の力だけで立って歩けるようになるのなら。

それでこそ世界は正常に進むのかもしれない。海の向こうの敵は恐ろしいが、女神の作った繭《まゆ》の中でじわじわと死んでゆくのも、同じくらい恐ろしいのかもしれないのだから。

＊

「黒の国《マヴロ》の修道士が、水の祝福を配ってるってよ」

「あっちに見に行こうぜ」

ジーンは球体をまわし、水を四方にはねさせた。輝く球体は水しぶきをあげ、小さな虹を作りだした。

　おお、と歓声があがる。

　白いローブを羽織った修道士たちが、複雑そうな顔で自分を見ている。

（月冠の使者に力を取られた人たちかもな）

　ルーシャの話がたしかならば、白の国《アスプロ》の祝福持ちは、ほとんどが月冠の使者の強奪に遭《あ》った被害者だ。

　ジーンは白の国の修道士に水を分け与えてやった。

「女神様の祝福がありますように」

　こんなものでは気休めにもならないかもしれないが。少し離れたところではダンとタジラが、船酔いの薬を配布している。こうして人の流れを分散させている間に——。

（合図だ）

　ジーンたちの小舟に赤い旗があがった。神殿に侵入し、生け贄を確保したのだ。生け贄をみずからの船に閉じ込めたら、アットが旗をあげることになっている。

　鐘楼に吊り下げられた鐘が、けたたましく鳴り始めた。

「儀式の時間だ」

「今年は月冠の使者が出席なされる。ぜひともご尊顔を拝さなくては」

みな一様に、山の頂上にある神殿をめざしている。ジーンたちは流れるようにしてついていった。神殿へ続く大参道のわきには、似たような長方形の建物の群れが段違いに並んでいた。どれも赤茶色にすすけている。修行中の修道士が彫り出したらしき女神像や使者像があちこちにたたずんでいる。あれが標識の役割をはたしているのかもしれなかった。早くも祈りの言葉を唱えだす修道士たちも目立ったが、ジーンの場合は逃げ帰るような出来事が起こることがあらかじめわかっているので、注意深く退路を確認していた。

ものめずらしい神託の島の風景に気を取られていたダンやタジラも、いつのまにかジーンと肩を並べている。

「俺たちの役目は終わった。船の方へ逃げたっていいんだぜ」

ジーンがふたりに声をかけると、ダンは肩をすくめる。

「逃げてどうすんだよ。アットがいなきゃ航海は無理だぜ。あいつはルーシャを置いて船を出したりしないだろ」

「僕は月冠の使者の顔を見るまでは、てこでもここを離れないね」

タジラは鼻息を荒くする。

「なんたって、おと……」

「しっ。黙ってろ」

ジーンに口をおさえられ、タジラはこくこくとうなずく。使者が男であることは、まだ公《おおやけ》にはされていないのだから、注意が必要だ。

やがて人の群れを抜け、ジーンたちは神殿にたどりついた。

見上げるほどの巨大な円柱。柱のひとつひとつには、カルギリアス教の物語が彫り込まれている。月の装飾が施された白い扉の向こうには、技巧という技巧の粋を凝《こ》らしたかのような彫像や絵画の集大成が広がっていた。高位修道士のために用意された椅子すら、女神カルギリアスの伝説をあらわす絵や彫刻で彩られていた。そして中央にそびえる女神像は、ジーンがこれまで見てきたどんな女神像よりも巨大であった。女神のかぶる草の冠が天井に届くほどである。冠の中心には宝石がはまるような穴があいている。そばに取り付けられた天窓から、陽の光が射し込むように計算されていたのだった。

神殿は端まで見渡せないほど広く、これまでの道のりは人いきれのするような有様だったというのに、あっという間に神託の島に上陸した人々が全ておさまってしまった。祭典の始まりを告げる鐘が鳴る。修道士たちはいっせいにひざまずき、祈りの歌を口ずさんだ。

「ぼうっとしている場合か」

「やばい、歌覚えてないんだけど」

「適当に歌ってるふりしとけ」

ジーンたちは互いを小突き合い、目立たぬようにひざまずく。

歌を覚えているタジラのまねをしながら、ジーンとダンは運命の時を待った。

ファンファーレが鳴り、両国の王が女神像の瞳と同じ高さのひときわ立派な席に通された。女神像の前には警備兵と高位修道士が交互に並んでいる。

「あれがルーシャの話にあった、ガガージかな」

白い礼服に身を包んだ細面《ほそおもて》の男が腰を折る。ルーシャの後釜で、アットの兄弟子。思ったよりも若い。腐った教会組織から抜け出し、そして月冠の使者の口ききで大司教に大抜擢《だいばってき》された男。

黒の国《マヴロ》の大司教は高齢のペンダルスで、よぼよぼの口元をこすりあわせるようにして、なんとか自分の名と立場を告げていたが、ほぼ聞こえなかった。

ガガージはよく通る、凛《りん》とした声をあげた。

「みなさんご存じの通り、月冠の使者は数年前に降臨しました。ですが使者の祝福はあまりにも強大ゆえ、その力が体になじまず、公の場に出るまでに時間を要したのです。現在、月冠の使者は白の国《アスプロ》のためにその力を惜しみなく使い、女神の化身として日々祈りを捧げています。それでは改めまして、月冠の使者の祝福の力をごらんに入れましょう」

人々は固唾《かたず》を呑んだ。

女神像の後ろから、白いローブを身にまとった人物が、音もなく姿を現した。光の祝福で肌を輝かせ、炎の祝福の指輪と耳飾りが揺らめき、水の祝福の足輪がゆっくりと回転している。

彼はフードを背中に落とす。額《ひたい》にはたしかに月冠のあざがある。

「使者が男だと……」

「いやにきれいな顔をしている。女ではないのか」

「あの体つきは間違いなく男だ」

「だが全身にまとったあの祝福を見ろ」

「これは前例のないことだ」

「女神はまだお怒りなのでは……」

黒の国の修道士たちはざわめいた。

そのざわめきは、しだいに遠のいてゆく。

「ジーン。おい、ジーン。どうした。しっかりしろ」

ダンに体を揺すられている。意識としては感じているのに、感覚がまったく追いつかない。

あの顔に、二人の人物の顔が重なった。

ひとりは、あの夢に出てきた女の子。そしてもうひとりは。

——ツカサ。タカミネ・ツカサ。

「月冠の使者の能力は、祝福持ちから献上された能力を己の力とし、さらに大きな祝福と愛で人々を包み込むことです」

ガガージの説明と共に、ローブで全身を隠した男が登場する。あれはルーシャだ。これから歴史的瞬間がおとずれる。わかっているはずなのに、息ができない。呼吸の仕方を忘れてしまったかのようだ。ひゅうひゅうと不自然な息を吐くジーンに、タジラがあせったような声をあげる。

「ジーンを連れて外へ」

「お前、使者はいいのかよ」

「そんなこと言っている場合かよ。ルーシャも心配だが、ここで俺たちが目立つ方がまずいって。成功するものもしなくなるぞ」

「そうだな。よし、ジーン。俺におぶされ」

いいよ、だいじょうぶだ、そう声をあげたいが言葉にならない。

脳裏にさまざまな光景が流れてゆく。まるで映画のように。なぜ俺はエイガという単語を知っている？　母さんが出ていたからだ。エイガにも、タイガドラマにも。あの顔は母さんから受け継いだ。母さんの芸名は大月桜子《おおつきさくらこ》――本名、高峯《たかみね》さくら。息子の俺は、どこへ行ってもなにをするにも目立ってしまう、忌《い》まわしい容姿をしていた。

月冠の使者。あれは、俺だ。

「……見つけた」

月冠の使者は、じっとこちらを見ていた。

そして、指先をジーンの額へと向けた。

＊

高峰司《つかさ》は、感動する、ということを素直に表現できない青年だった。

彼の周囲にはあまりにも感動があふれていた。大女優の母は舞台で感動をふりまいていたし、製菓会社の会長の父親は、新しいアイディアを発案しては世界中の老若男女の胃袋をつかみ、甘いチョコレートやキャンディを通して憩《いこ》いのひとときを提供していた。

母そっくりの美しい顔立ちをした高峰司は、いずれは大会社を継いでほしいという父の期待を背負い、これ以上ないほどの英才教育を詰め込まれた。彼は器用な青年だった。周囲の人間が望む受け答えというものを熟知していたし、どんな表情をすれば自分の顔が母の面影を宿すのかを理解していた。

両親の顔に泥を塗らないように。慎重に、注意深く。やっかみや悪口を言われても笑って受け流し、成績が少しでもふるわなければ徹夜で勉強し、粗野なふるまいや深酒などもってのほか。

完璧でいなければならない。そのプレッシャーは、少しずつ彼をむしばんでいった。父も母も忙しく、たまに会えば自分を厳しく評価する教師のようで、どこかよそよそしかった。

友人もいなかった。近づいてくるのは両親の栄光目当ての人間ばかりで、仲良くなったかと思ったら、芸能人とお近づきになりたいだの、就職先を斡旋《あっせん》してほしいだの、お金を貸してほしいだのと言われた。かりそめの友情だと気がついたとき、ぼろぼろに傷ついた。

二十歳《はたち》。成人して初めて、誰にも内緒で吸い始めたたばこが、唯一の安らぎだった。

あの日、東京駅で。

ひとりになりたかったのだと思う。ふらふらと美術館に吸い込まれた。

ひとときわきれいだったのは、飾ってあった球体のオブジェだった。日本の若手芸術家が作ったのだという。ガラスの球体がいくつもぶらさがっていて、ライトの光を受けてきらきらと輝いていた。

どこかの公園の噴水広場に置くために作られたそうだが、あまりにも出来がよいので、東京の美術館の企画展示で初お披露目《ひろめ》となったらしい。

現代アートというやつの、どこに感動すればいいのかわからない。司はながらくそう思っていた。

だが、あのガラスの球体だけは違った。周囲の景色をのみこんで、それを作品の一部にする懐《ふところ》の深さ。それには、自分などちっぽけな存在なのだと思わせてくれるような雄大さがあった。この球体からあふれんばかりの水がこぼれたら、どれほど美しいのだろう。感動とは、こういうことなのかもしれない――。

ポケットの中でスマホが振動する。

見たくないのに、見てしまう。

恋人のさおりからの着信がたっぷりとたまっていた。ほとんどが返信がないことを責めるメッセージだ。

「話したいことがあるの」

彼女の言葉はそう締めくくられていた。

出会ったときはこうではなかった。彼女は控えめでやさしくて、ただそばにいてくれた。人脈や金をあてにすることもなかった。ただ「司の顔はきれいだね」と言った。自分の顔を気に入っているわけではなかったが、嘘のない彼女の言葉に、ある種救われていたのだった。

美術館を出て電話をかける。数コールもしないうちに、はずんだ声で応答があった。

「司、ようやく電話くれたんだね。もうダウンタイム終わったから、ようやく会えるよ。楽しみだなあ。今度はね鼻を司そっくりにしてみたの。というか、お母さんの大月桜子に似せてるんだけどね。次は輪郭《りんかく》をいじって、そうしたらもっと大月桜子に近づける。来年には私たち、双子みたいになれると思うから」

まくしたてるようにしてしゃべる彼女の言葉を聞くともなく聞いていたが、司は乾いた声で告げた。

「さおり。別れよう」

いつからこうなってしまったのかは、わからない。

だんだんと自分そっくりになってゆく恋人に、司は恐怖を感じていたのだった。

「……なんて?」

「これ以上一緒にいるのは、俺の方が持たないと思う。だから」

「それは、ごめんね。手術の後だとどうしても人に会えない時間があるから、寂《さび》しい思いをさせちゃったと思うけど」

「そうじゃなくて」

俺は、本当は、あの家族に従って生きていながら、誰よりもあの家から離れたいと思っていたのだ。この美しいと形容される顔も、自分をゆがませる要素のひとつだった。なぜ彼女が自分の顔に執着するのかが理解できなかった。さおりはさおりでかわいらしかったし、そう伝えてきたはずだ。なのに彼女は聞く耳を持たなかった。

そばにさおりがいることは、常に目をそらすことのできない鏡を見ているようで、耐えがたくなる。

「……司、あのさ。やっぱりちゃんと話し合おう。このまま別れるなんていやだよ。もしそんなことになるなら、私……」

死んでやるから。

彼女はそう言って、通話を切った。

＊

赤い月に変化が起きた。

月はふたつに割れた。真っ赤な月がそれぞれに欠けた形で空に浮かび上がった。

鐘の音が混乱したようにけたたましく響きわたる。

鐘がひとりでに鳴るとき、それは新しい使者の誕生を意味する。

不吉な鐘の音と共に、ジーンの額の皮膚は赤くただれ、焼け焦《こ》げたような月冠のあざが広がった。

「嘘だろ……」

ダンはジーンにフードをかぶせた。言葉を失っているタジラを小突く。

「行くぞ」

「ど、どどどういうことなんだよ！　なんでジーンにあざが」

「知らねえよ。わかっているのは、なにかとんでもねえことが起きちまってるってことだ。ずらからないとまずい」

月冠の使者は、女神像の前で硬直したように動かない。それから、薄気味悪く笑い始めた。

ガガージが、機嫌を伺《うかが》うようにして声をかける。

「月冠の使者よ……その祝福の力を、みなの前で……」

「ガガージ。人捜しの件、もういいや。司はやっぱりこの体を取り戻しに来たんだ……」

使者が指を鳴らすと、神殿の柱が燃え上がった。

ガガージや修道士たちは目を見開いた。あちこちから悲鳴があがる。

「使者よ、おやめください」

炎に包まれ、人々は錯乱する。逃げ惑《まど》う者たちの進路を封じるかのように、扉の前に巨大な木が生えた。使者がさらに腕を振ると、風が起こり、炎は勢いを増す。

「私はこの力も、体も、絶対に渡さない」

「月冠の使者!!」

生け贄が——使者にその力を献上するためにひざまずいていた男が、フードを脱ぎ捨て叫んだ。腰に隠していた短剣を引き抜き、使者に突きつける。

「これ以上の圧政はやめろ。俺はお前を止めに来た」

「ルーシャ。懐《なつ》かしい顔ね。せっかく生かしておいてやったのに、のこのこ戻ってくるなんてばかみたい」

使者は、ルーシャをにらんでる。

「今更なにをしに来たっていうの」

「俺は、月冠の使者の在り方について、異議を唱えに来た」

「あいつをつまみだせ」

ネルジェスが叫び、兵が動く。ルーシャはひるまない。

「月冠の使者は女神の力を悪用し、人々を苦しめ、己の私欲のためには手段を選ばない。逆らう者には暴力で訴える。お前たちも炎にまかれて理解しただろう!!」

「うるさいな……今あんたどころじゃないんだってば……」

ルーシャは叫び、床を蹴った。修道士たちが彼を押さえにかかる。

使者がぎらりと目を血走らせ、ルーシャに向かって指を鳴らす。

ジーンは、薄れ行く意識のなか、たしかにその光景を見ていた。

石柱が炎をまとって紅蓮《ぐれん》に染まった。ルーシャめがけて倒れていく。


——やめろ。


高峯司の人生で、俺は孤独だった。両親の顔色を窺い、友達付き合いを拒絶してきた。

俺の友人を殺すな。この世界で、ようやく得られた友人なんだ。

ようやく、自分の思うがままに。大月桜子の息子でもなく、高峯グループの御曹司《おんぞうし》でもなく、ひとりの人間としてここでやり直せたんだ。

毎日の生活が苦しくても、乗り越えなくちゃいけないことがたくさんあっても、「人生のままならなさ」を正しく教えてくれたのは、この世界なんだ。

ジーンは、月冠の使者に向かって、手を伸ばした。声にならない声で叫ぶと、水の玉が大きくふくれあがった。

ああ、わかった。

これは、いつか美術館で見た球体だ。噴水になるはずだった。

「ようやく本来の用途通りだな」

球体は浮かび上がり、激しく水を噴き出しはじめた。それは女神像が頭上にいただく冠にあいた穴にはまりこみ、光を受けて回転する。きらめく水しぶきのなか、人々は混乱に声をあげ、走り、どよめいた。炎は鎮火し、そして月冠の使者の炎の耳飾りも消えた。

「嘘」

使者が消えた耳飾りをたしかめている。使者の耳を明るく彩っていた飾りは、最後の炎をしずくのように地面にしたたらせた。それは濡れた地面を這い、ジーンの腕に巻きついた。

炎の祝福が、ジーンの体になじんでゆく。

使者が反撃しようとするが、ジーンは炎の壁を作り、それを阻《はば》んだ。

ダンとタジラは驚きのあまり、顔を見合わせる。

「どういうことなんだよ」

「わかんねえ。炎の力がジーンに吸い込まれた」

「それは俺も見てたからわかるっつーの！　逃げるぞ。ジーンとルーシャを連れて船に乗ろう。もう月冠の使者をどうにかするどころじゃなくなった。なにもかもわけがわからない」

修道士や警備兵がたちまちジーンやルーシャを取り囲んだ。剣を向けられ、ジーンは思わず両手をあげる。

（俺だけなら祝福の力で脅《おど》かしてなんとかなるかもしれないが、ルーシャは無理だ。せめてルーシャにも祝福の力があれば……）

月冠の使者から奪い取った炎は、ジーンの右腕に巻きついたまま、消えずに燃えさかっている。

ジーンはいつかの出来事を思い出していた。悪酔いで苦しむルーシャに水を与えたときのように。

この炎がルーシャのものならば、戻したい。

戻してやりたい。彼が女神の視線を受けて生きていた、無邪気な青年だったころに。

額のあざが光った。炎は赤い光の球体となり、ルーシャの胸をめがけて飛んでいく。そして吸い込まれていった。

その様子を、驚愕の瞳で月冠の使者は見つめている。

ルーシャは目をしばたたかせ、祝福の力をたしかめるようにしてこぶしを握りしめる。

あざやかな炎が、その手に灯った。

「時は経《た》ったが、たしかにこの力、返してもらった」

使者はなにかを叫んでいたが、ルーシャはジーンの方へ駆けだした。

「ルーシャ、逃げるぞ!!」

ジーンは実感していた。今は体に力がみなぎっている。祝福の力が、以前よりも自在に操れる。

高い水の壁を作り、ルーシャのために通り道をあけた。ルーシャを捕らえようとした修道士や警備兵たちを防いでくれる。彼はジーンのもとへまっすぐに走ってくる。

神殿の中は収集のつかない有様となっていた。逃げ惑う人々で出口は塞《ふさ》がれる。窓を割って我先にと飛び出す者たち。混乱に乗じて女神像の装飾を奪おうとする者たち。水と光が乱反射し、炎が蛇のように渦を巻いている。警備兵は誰を捕らえればいいのかすらもわからないようだった。

「どけ!!　どいてくれ!!」

水流で人をはじきとばすと、ジーンたち四人は全速力で駆け抜けた。

ルーシャの腕をとり、ジーンはがむしゃらに進む。

「申し訳ないが」

「なんだよ」

「俺の方が足が速い」

「わかってるよ。手をつかんでないと、お前は月冠の使者をぶっとばしに戻っていくかもしれないだろうが」

「今はどちらが月冠の使者なのかがわからない。そう単純な話でもなくなった」

ジーンの額に浮かぶあざを見やり、ルーシャは困惑した表情だ。

「ジーン。お前いったい何者なんだ？」

「俺自身が一番知りたい。でも多分、今なら順を追って考えればわかる気がする。それより、ザリラクス国王になんて説明すりゃいいんだろう。実は俺も使者っぽい感じです—俺のことは殺さないでくれ、よろしくって言えばいいのか？」

なんとのんきな、とダンは走りながらわめく。

「こんなときに冷静にものなんて考えられるか！　早くアットのところへ戻ろう」

強引に神殿を出ると、大参道へ出た。先ほどジーンたちがのぼってきた道である。しかし控えていた兵士が一斉にとびかからんとしていた。ジーンは再び水の壁を作り出した。

「まずい」

水の壁の周囲に、めきめきと木が伸びてくる。月冠の使者が追いかけてきているのだ。木を避けて、道なりに進もうとするとダンが鼻を動かした。

「こっちじゃない」

「でも港はこっちだぜ」

「港には果物売ってる屋台があった。甘い匂いがプンプンしてたんだよ。今は逆方向からそれっぽい気配がしてる。木で惑わされて、誘導されてる」

「ダンを信じよう」

ルーシャが手のひらをかざすと、炎があがった。木は焼かれ、通り道ができた。ダンの言う通り、道の向こうに港が見えた。

「お手柄《てがら》だな、ダン。見ろ」

ジーンたちが進もうとした先には、兵たちが押し寄せている。

「もう船も押さえられてるかもしれないぞ。そのときはどうするんだ」

タジラの疑問に、ルーシャとジーンは答える。

「祝福の力で押し通すしかないだろ」

「とりあえず今は、足が速くなる祝福のやつがいたら、すぐにでもご協力いただきたいなあ」

緊迫した状況にもかかわらずのんきなタジラの言葉に、ほか三人は噴き出した。

＊

――力が、取られた。

月冠の使者はへなへなと座り込んだ。

呼吸が苦しくて、めまいがする。

「月冠の使者、大丈夫ですか。くせものは追跡しております」

「報告している暇《ひま》があるなら、あんたもさっさとつかまえに行ってよ！」

どいつもこいつも。私がブスだからってバカにしているんだ。私の言うことを聞こうともしない――。

（いや、違う。今の私はブスじゃない。だって司の姿をしているんだから……）

幼いころのみじめったらしい自分ではない。私は生まれ変わったのだ。

きっかけを与えてくれた「あの人」に、私は感謝している。

月冠の使者。そしてかつての名は、菅原《すがわら》さおり。

彼女は目を閉じ、油断すれば濁流のようにあふれ出る過去の記憶を、けんめいに押さえ込んでいた。


東京の、とある小さなデパートの片隅に、ぽつんと設置された占いコーナー。

「いらっしゃい。よかったら占っていきませんか」

「……」

「今お客さん誰もいないの。どんなことでもお話を聞きますよ」

司に別れを告げられたあの日、さおりはふらふらとそこへ吸い込まれていった。

誰でもいいから話を聞いてもらいたかった。ばかにしたり、説教したりせず、淡々とうなずいてくれるだけでいい。

声をかけてきたのは、グレーのスーツに身を包んだ、上品そうな女性だった。年齢は四十代くらい。占い師といっても、変な布をかぶってるわけじゃないんだな、とぼんやりと思った。水晶玉もキャンドルも見当たらなかった。机の上にはこのデパートのプライベートブランドのペットボトル飲料と、キャッシュレス決済用のＱＲコード札、色あせたタロットカードがしまわれているプラスチックケースだけ。

占い師は、人の好《よ》さそうな笑みを浮かべてみせた。

「初めましてよね。私、鑑定師の星月《せいげつ》ルミ子です。今日はどんなお悩み？　鑑定時間はどのくらいにする？」

「……今、彼に別れ話をされて……」

「大変だったわね。じゃあ、とりあえず最短の二十分でお話を聞かせてもらうわね。延長するようなら後からでも可能ですから」

料金表を指さし、ルミ子はてきぱきと答える。二十分、三千三百円。延長は十分ごとに千百円。良心的なのかそうでないのか、初めてのさおりには判断できない。

「話してみて」

見ず知らずの占い師だからこそ、そしてこれを聞いてもらうことに金銭のやりとりが介在しているからこそ、素直に話そうという気持ちになれた。

「私の彼……すごく見た目がいいんです。とある有名な女優さんがお母さんで……顔がそっくりなの。私、その女優さんに子どもの頃から憧《あこが》れてて、彼女みたいになりたいって思ってたけど、整形ってお金も時間もすごくかかるんです。でもメイクも駆使すれば、なんとか似せられるかってレベルでまで、たどりつけそうなところでした。あの……」

そもそも整形話に突っ込まれるかな、と思ったが、ルミ子は淡々とたずねた。

「その女優さんに憧れたきっかけって、思い出せる？」

「私には姉がいました。姉は美人で、両親はその女優さんみたいにきれいだって褒《ほ》めそやして姉を育てたんです。でも私にその言葉はない」

姉のゆかりは、陶器のような白い肌をしていた。校庭でどんなに遊んで日焼けしても、ぽろぽろ皮がむけて、むきたまごのように肌が生まれ変わってしまう。それに比べてさおりは地黒で、姉ならばかわいらしさを際立《きわだ》たせてくれる青や紫、ピンク色が驚くほどに似合わなかった。

幼いときからすでに、姉との「格差」を自覚していたように思う。

たとえば、大女優・大月桜子のポスターの前で、姉と一緒に写真を撮ってもらったことがある。

同じ人間でもここまで違うのかと驚いた。大月桜子が美しければ美しいほど、そして姉が美しければ美しいほど、自分の醜さが浮き彫りになった。祖母や両親は、けして私には「大月桜子みたい」とは言わなかった。

あの顔になれたら。少しでも近づけたら。成長するにつれてその気持ちは強くなった。ポスターの中でほほえむ大月桜子と、おろしたての青いワンピースを着た姉と、くすんだオレンジ色を身にまとう私。並べてみると自分だけひどく異質だった。その写真はあるとき、我慢ならなくなって破り捨ててしまった。

今笑った顔、ブスじゃないかな。私の向かいに座っている友達は、私の顔じゃなくて良かったって思ってないかな。不安に思いながら人と接する苦しみは、物心ついたころからさおりの中にあり、けして逃れることはできなかった。

大月桜子に息子がいるらしい。しかも、私の通う大学に在籍しているという。

進学のために東京に出て、その噂を聞いたときには驚いた。さすが東京だと思うと同時に、どうしても好奇心を抑えられず、キャンパスで彼を捜した。

高峯司は、孤独だった。人を寄せ付けようとはしなかった。成績は良かったけれど、それはけして欠点を衆目《しゅうもく》にさらすまいとする彼の努力にも見えた。

甘い蜜の香りに誘われ、吸い寄せられる害虫のように、さおりは彼に近づいた。

美しいものには、人を惹《ひ》きつけるすさまじい力がある。特にそれを持たざる者にとっては、目をそらせないほどの強烈さだ。

「あなたの顔、きれいですね」

男性の場合、意外と真っ向から言われることは少ないのかもしれない。彼は一度目を見開いた。そうしていつのまにか、彼の隣がさおりの居場所になったのだった。

——さおり、別れよう。

まさか、たった数年で、あんなにひどい言葉を浴びせられるなんて。

「そう。ではあなたにとって、彼は抜群に好みの見た目だったというわけね」

「『俺のどこが好きなの？』って聞かれたとき、私はとっさに顔と答えました。本当は、嘘でも内面を褒めるべきだったと思うんですけど」

「そうなの」

「彼って、写真が嫌いなんです。でもめずらしくレストランで写真を撮ってもらったときがありました。彼は仏頂面《ぶっちょうづら》なのに完璧な顔で、私はその日人生で一番のおしゃれをしていたのに、びっくりするくらいブスだったんです。改めて、落胆しました。そしてその日から、私の欲求に火がついたんです」

「欲求って？」

「彼の顔を——もとはといえば彼のお母さんの顔を、自分の顔にしたいという欲求です」

　整形手術に手を出した。二重《ふたえ》にするくらいじゃ意味がない。次は鼻をいじれば。いやそもそも輪郭が終わってる。費用は仕送りの額では当然足りなかった。人に言えないアルバイトを始めた。元が違いすぎるせいか、施術を重ねても大月桜子そっくりにはならない。

「その頃から彼とぎくしゃくしはじめました」

「彼としては、そのままのあなたが好きだったんじゃない？」

「そんなはずはありません。ブスが彼女でバカにされることはあっても、自慢できることはないですから」

ルミ子はカードを混ぜはじめた。テーブルいっぱいに広がってゆくタロットカードに視線を落とし、さおりは続けた。

「今まで、尽くして尽くして尽くし続けてきたのに……彼はやっぱり私を捨てる気なんです。きっと私よりきれいな女が、なんの努力もせずに彼を奪い取ろうとしているんです。お母さんのツテで会えた芸能人かもしれないし、同級生かもしれないし、道ばたで声をかけられたのかもしれない。どこにいたって、彼って放っておかれるはずがないんですから」

そう思うと、くやしくてたまらなかった。

美しくないことは、こんなにみじめで苦しい。私は何年これを味わい続ければいいのだろう。しかも年を重ねれば重ねるほど、この苦しみは凄《すご》みを増す。

自分が醜いからという理由で、彼のことを誰かに取られてしまうなんて、我慢がならない。

「お話を聞いていて思ったのだけれど、あなたは彼の気持ちを決めつけすぎています。自分の容姿のこともね。これはあくまで私個人の意見。私は鑑定士だから、鑑定士らしくタロットで彼の心をのぞいてみましょう。では、今彼があなたをどのように思っているのか、そしてどうしたらこの状況を改善できるのか、タロットに聞いてみましょうね」

ルミ子はタロットカードでいくつかの山を作り、さおりにどれにするかを選ばせた。

「そうねえ」

ルミ子は並べたカードをながめる。考えをまとめ終えたようだった。

「彼ね、あなたの正直なところ……顔が好きだと言ったところは、本当に気に入っていたみたい。過去の彼の感情はとても安定しています。でも今は、別のところに飛び立ちたいと思っているかな。これは女性関係じゃありません。もっと大きな、彼の人生にとってのターニングポイントがおとずれているみたいね」

ルミ子は困ったような顔をした。

「あなたがどうしたらいいか、という答えになるカードなんですけどね。これには『執着を捨てることが必要』というメッセージが込められています」

「執着……？　彼のことをあきらめろってことですか？」

「そうは言ってないわ。あなたにとっての執着を手放せば、あなたが今望んでいる以上のものが手に入ります。あなたがどうして彼と別れたくないと思っているのか、その本質について考えてみて」

難しいことを言う。私は大月桜子の顔がうらやましいだけだ。あの顔さえあれば人生はもっと豊かだった。青いワンピースも似合ったし、ポスターの前で写真を撮ってもみじめにならなかった。でも私の顔は大月桜子そっくりにはならない。

「美しくなれないなら、せめて美しい人に認められたい。そうすれば私は美しい人と同等の価値がある証明になるから」

「それこそが執着よ。それではあなたの幸せは彼次第になってしまう。彼があなたを愛しているうちは幸福だけど、彼が少しでも他のことに夢中になったら、たちまち不幸になってしまう。彼次第の不安定な人生。本当にそれでいいの？」

「……」

ルミ子は小箱を開けると、銀色のブレスレットを取り出した。月のチャームと、赤いパワーストーンがぶら下がっている。

「彼の人生ごと、奪い取る。それくらいの気概《きがい》がないと恋はうまくいかないわ。お守りとしてこれを」

「これって、別料金……」

「サービスよ。運命を変えられる。そういう特別な人にしか渡さないことにしているの」

ルミ子はブレスレットを巻いてくれた。冷たい。だがほどなくして手首になじんだ。

ルミ子は新しくカードを切った。

「すばらしいわね。あなたたちはソウルメイトだわ。魂がしっかりと結びついて、過去生《かこせい》から来世まで、ずっとご縁があるふたりよ。あなたが彼の顔に惹かれたというのも、そういったつながりがあるからでしょう」

「ソウルメイト……」

　初めて聞く単語だったが、なにか特別な縁があるということなのだろう。断言されると、少し勇気が湧いてきた。

　ちょうど二十分だ。三千三百円を支払い、立ち上がる。変な壺を売りつけられたり、怪しげなセミナーに呼ばれるかと危惧《きぐ》していたが、明朗会計だった。よくよく考えれば、そんなことがあれば貸し手のデパートに苦情が寄せられるだろう。

「がんばってね。執着を手放して、リラックスしてみて。ひとつ注意があるの」

「注意？」

「ええ。あなたが頑張って、望むものを手に入れたとしても、うまく心をコントロールできなければ、それは奪われてしまうかもしれない。ほしかったものが、他の誰かから譲られたものなのだとしたら、元の持ち主に返さなくちゃいけなくなるわ」

「具体的にはどうすればいいんですか？」

「ほしいものを手にしたなら、先々のことを考えて、大切に扱った方がいいということよ。

感謝の気持ちを忘れないこと。彼も、他のこともね」

「……？　わかりました、気をつけます」

「でも、あなたはきっと望むものを手にできるわ」

さおりはブレスレットに触れた。

そう。もう彼にしがみつくのはやめよう。私は運命を変えられる女だ。

私にとっての執着。それは醜い姿のままで、美しい彼の愛を得ようと思ったことだ。でも、これ以上顔は変えられない。メイクにも限界があるし、歯列矯正《きょうせい》もシミ取りもエステも、顔にメスを入れるのもやり尽くした。

私たちは、来世もきっと縁がある。ソウルメイトだから。

ブレスレットを巻いた腕から全身へと、じわじわと力がめぐっていくようだった。

来世にすべてを懸《か》けよう。今の無駄な人生はすべて捨てて、彼と共に新しい人生でやり直すのだ。

さおりはその足で、吸い込まれるようにしてレンタカーを借りに行った。

死んでやる、なんて脅しをかけて司を呼び出した。彼は来るだろう。人生最後のドライブデートに。

彼の人生を、まるごと自分のものにするためには、一度リセットしなくちゃ。

アクセルを踏む。待ち合わせ時間まであと三十分。気分は高揚していた。

「もう二度と……あんなみじめな人生を送ったりしない」

せっかくほしいものを手に入れたのだ。

奪われてたまるか。

「あの男は、いったい何者なのだ」

ネルジェス国王が、使者に冷たく言い放つ。

「あの男にも月冠のあざが浮かび上がった。あの男がお前の捜していた男なのか」

「どうして……」

人捜しの件は、ガガージにしか伝えていないはずなのに。

「申し訳ありません。使者の身に万一のことがありましたらと、ネルジェス国王には事前に相談をしておりまして……」

「勝手なことしないでよ!!」

もし、ネルジェス国王が気がついたら。

この体は、私のものではなく。もしかしたらこの力も、私のものではないかもしれないということを。

さおりは確信していた。高峯司はきっと私と一緒にこの世界に転生している。――私と彼は、心中したのだから。しかし私は高峯司の体に入っている。この使者の力は、どちらのものなのだろう？

私の力か？　それとも本来は、高峯司の力なのか？

赤い月は、ふたつのぼっている。空が示す事実は、「月冠の使者はふたりいる」ということである。

「もし、使者がもうひとりいるというのなら、彼のことも我々が保護しなくてはなりません。黒《マ》の《ヴ》国《ロ》や我が国の旧教会に先を越される前に」

「え？」

ガガージは深刻そうな表情だ。

「月冠の使者を持たない黒の国はもちろん、解体された我が国の旧教会も『もうひとりの使者』をほしがります。月冠の使者との関係は確実に悪化している。彼らは祝福の力を奪われ、組織の改編を余儀なくされた。残党は我々に恨みを持っています。もうひとりの使者を『正式な使者』として味方にとりこんでしまえば、形勢の逆転も可能です」

「私はどうなるの」

「あなたは月冠の使者ですよ。なにもおびやかされることはない。その月冠のあざと、祝福の力があるかぎりね」

――どうしよう、どうしようどうしようどうしようどうしよう。

私は偽者かもしれない。これは私の体じゃない。

でも、司は知らない人の体に入っていた。私の体はいったいどこに行っちゃったんだろう。

いや、醜い私の体に価値なんてない。大事なのは司の体だ。

この体を、返さなくちゃいけなくなるかもしれない。

それだけは絶対にいや。

月冠の使者は、くちびるをかみしめた。

Apostle of The Moon Crown
Chapter V

第五章　船上の決戦

小さな箱の中、円形の取っ手を握り、なにかを深刻そうに話す女の子。

彼女はつぶやいた。一緒に死のう、と。

高峯司《たかみねつかさ》を乗せた車はすさまじい速さで進んでゆく。ガードレールを突き破り、胃が縮こまるような心地がした。宙に浮いたとき、視線の先には彼女のブレスレットがあった。さかさまの月のチャームと赤い石がじゃらじゃらと音を立てた。

その後は——。

「……そういうことだったのか」

船の上で、星空を見上げながら、ジーンはぽつりとつぶやいた。

案の定《じょう》、船は軍人たちに押さえられていたが、自分たちを捕らえようとする者たちは、祝福の力で吹き飛ばした。脅《おど》しつける程度に水の祝福を当てたので、たいした怪我人《けがにん》は出していないと思う。

アットは船室に潜《ひそ》み、様子を窺《うかが》っていた。ひとりでよく持ちこたえてくれたものだ。

急いで船を出し、追っ手を撒《ま》いて、とりあえず近くの小島に船を隠すことにした。

どうやら前世での自分にあたるらしい高峯司という男の記憶を、ジーンはほとんど思い出しかけていた。おそらく高峯司は、あの事故で命を落としたのだろう。

ジーンは体を起こし、共に逃げた仲間たちの顔をながめた。これから先のことを思ってか、彼らの表情は不安そうだ。ジーンとて、ルーシャと月冠《げっかん》の使者を仲直りさせるつもりでここへ来たというのに、自分の額《ひたい》に月冠のあざが浮かび上がるなど、予想だにしていなかったのだ。

「本当にレ・ジーンは月冠の使者から、ルーシャの祝福を取り返したんですか」

船内で生け贄《にえ》を拘束し待機していたアットは、にわかに信じがたい表情である。

「彼は月冠の使者ということでいいんですか？」

「わからん。女神の神託《しんたく》はあったのか？」

「いや、なかったと思う。神託がどんな形であるのか知らないけど、女神の声を聞いた覚えはないな」

この世界で言う「天の国」とはおそらく現代日本が存在する世界のことであり、使者は、死後この世界に迷い込んだ人のことである。記憶のつじつまをあわせると、これが一番しっくりとくる。

（では……あの月冠の使者は？）

ひとつわからないことがあった。この世界に、高峯司の体があることだ。

「今から説明することを、落ち着いて聞いてほしい」

ジーンは順序だてて説明した。日本のこと。高峯司のこと。どういう人生を歩んできたか。そしてなぜ死んだのか。

ダンやタジラ、アットやルーシャの反応はそれぞれだったが、大抵はわけがわからないといったものだった。ジーンも説明が下手《へた》で、あらゆるところが要領を得なかったし、ニホンという国で育ったタカミネツカサという男を語るのに、ひどく時間を要した。

文化や常識があまりにも異なっているので、すべてを伝えるのは無理があった。

「オオツキサクラコという単語は、月冠の使者がよく口にしていた」

ルーシャは腕を組む。鏡を見るたびに、使者はその言葉を口にしていたのだという。ルーシャはそれをなにかのまじないかと思っていたらしい。

「やっぱり俺の体に入ってるのは……菅原《すがわら》さおりか……」

「まだ話についていけてないんだけどよ、じゃあ、ジーンの前の体はそのサオリ？　って女が使ってるとして、サオリの体はどこに行っちゃったんだよ」

「それが謎なんだよな……」

「月冠の使者って他人の肉体も奪えるのか？」

「いや、そのような力を使っているところは見たことがない」

「わからないじゃん。途中で他人の体を奪える祝福を持ったやつから奪い取ったとか」

「いや、それならニホンにいた時にその祝福が使えないとおかしい。タカミネツカサってニホン人なんだろ？　こっちに体があるはずないじゃないか。ジーンの話じゃ、ニホンには祝福の力がないんだからさ」

五人はめいめいに考えを述べたが、どれも確信の持てる答えにはいたらず、らちがあかなかった。

ダンが動物のように鼻を動かした。

「本人に聞いてみればいいんじゃないのか？　やっこさん、来たみたいだぜ。甘い果物の気配が近づいてくらあ」

アットが目をすがめた。海原の向こうから、巨大な船が追いかけてくる。白の国《アスプロ》の聖教会の旗が揺らめいていた。

「月冠の使者です」

「やっぱり追いかけてきたか」

けんめいに水の祝福で船を加速させるが、あちらも同じ祝福の力を持っている。

船はあっという間に横付けされた。

「どうするんだよ、ジーン」

「みんなは隠れてろ。月冠の使者……さおりの狙いは俺だ」

どういう因果《いんが》かはわからないが、さおりと司は事故死して、この世界に転生した。そしてさおりは司の体を使っている。整形してまで近づこうとした、大月桜子《おおつきさくらこ》にそっくりの体。ルーシャから聞くこの世界でのさおりの様子から推察するに、彼女は元の体に戻りたがっている様子はない。

(俺が元の体に戻れるかどうかは別にして、俺という存在はさおりにとって脅威だ。体を奪われるかもしれないと警戒しているだろう。俺にも月冠のあざができた以上、さおりは心中穏やかではないはずだ)

しかも、ルーシャが祭典の儀式を台無しにしてしまっている。

必ずジーンが……高峯司が自分の敵になるかどうか、たしかめに来るはず。

船に渡り板がかけられる。ルーシャとアットはそれぞれに剣と弓をとった。

「タジラ、俺たちはどうする」

「戦力になるはずがない。いざとなったら全速力で逃げられるよう、櫂《かい》だけは手にしておこう」

「それで頼む」

ジーンはふたりの肩を叩くと、ルーシャと共に甲板《かんぱん》へ出た。狭い船内だ。月冠の使者は渡り板の上に立ち、こちらを見下ろしていた。

「お前、さおりだろ」

ジーンが声をかけると、月冠の使者――さおりは片眉をあげる。

「実を言うと、すべてを思い出したのはついさっきのことなんだ。この世界に一緒に転生していたんだな。ということは、俺たちはあの事故で死んだのか」

「そう。私があなたを殺した」

「どうしてそんなことをした？　……俺が、別れようと言ったからか？」

「執着を捨てようと思ったの」

「心中することでか？」

「私たち、ソウルメイトなの。前回の人生をいったん終わらせただけ。どうせまた会えるんだもの」

「ソウ……なんだ？」

「菅原さおりの人生を逆転するには、こうするしかなかったの。でもいい。一番ほしいものは、もうもらったから」

さおりは、みずからの顔に触れた。目の形、鼻の形、くちびるの形。それをたしかめるようにして、指先でなぞる。恍惚《こうこつ》とした表情を浮かべる「かつての自分」を眺めるのは、いやに奇妙な気分だった。

「この体は絶対に渡さない。私は過去のしがらみを断ち切りに来た。そこにいるルーシャも含めてね。……本当、不思議な縁だね。ルーシャは高峯司の魂をかぎつけた」

ここからが本題か。月冠の使者の周囲には、大勢の軍人たちがいる。さおりの背後に控えているガガージが合図をすれば、すぐにでも斬りかかってくるだろう。

（平和的な交渉はさすがに望めないよな）

海上で荒っぽいことは避けたい。つとめて落ち着いた声音で、ジーンは使者に語りかけた。

「俺たちが神託の島へやってきた目的を説明する。白の国《アスプロ》で、人々を虐《しいた》げるのはやめろ。黒の国《マヴロ》へ祝福の力を強奪しに来るのもだ。ルーシャはそれを望んでいる」

「あなたは？　あなたの望みはなに？」

「俺は過去の記憶を取り戻したかっただけだ。だからもう目的自体は達した。結果に満足してるかというと別だけど、まあいい。俺は、今黒の国で暮らしている。安定しない労働者だけど、この生活が気に入ってる。無事に国に返してくれたらそれでいい」

「この体についてなんとも思わないの？　自分の元の体でしょう？」

「好きに使えよ。別にその体にこだわりはない。一度死んだんだろ、俺たち」

「……嘘つかないでよ」

さおりは這《は》うような低い声で言った。

「この体があるおかげで、私はさまざまな恩恵を受けた。みんなが私をきれいだって褒《ほ》めた。たとえ使者が女じゃないといけなかったとしても、その美しさは性別を超えた。女性も男性も、私に贈り物を欠かさなかったし、ご機嫌伺《うかが》いはいつもだった。私の視線を受ければみんなうっとりと目を細めた。路傍《ろぼう》の石を見るような目で見られたことなんてない。今までの人生で経験したことがないほどの、すばらしい体験をしたの」

「それはよかったな」

だが、ジーンは……司は知っている。それがいかに薄っぺらな関係であるか。見てくれが良ければ良いほど、中身が伴わなければ落胆される。勝手に期待され、勝手にがっかりされる。本当の友人はできないし、嫉妬や羨望《せんぼう》のまなざしは司を辟易《へきえき》させた。

今は、驚くほどに平和だ。

「俺は、二十数年その体で生きたが、もうこりごりなんだ。だから本当にいらないよ。ジーンの体も、まあ頭痛さえなけりゃ快適だし」

「あなたはよくても、私はよくない。あなたが現れたことで私の立場はもろくも崩れそうになっている。私の要求を言うね。あなたを白の国のものにする。私はあなたを牢につないで、一生外に出すつもりはない。黒の国も、白の国の旧教会もあなたを狙っている。とらわれの身になるか、いやなら死んでもらわないといけない。私の立場を守るためにも」

さおり——月冠の使者は手のひらをかざした。

「来るぞ」

ルーシャに腕を引かれる。先ほどまで自分が立っていた場所に、大穴があいた。風の祝福をぶつけてきたのだ。さらなる追撃を繰り出す使者の前に、ジーンは水の壁を作った。風は水にはじかれ、勢いを失った。

(話し合いは無理か)

使者が手を出したことにより、軍人たちがなだれこんできた。ルーシャは剣を振るうが、多勢に無勢だ。

「下がってください!!」

アットが叫ぶ。ジーンとルーシャは背後に飛びすさった。アットが樽《たる》を倒し、中の液体をばらまいた。

「油です」

「え、火がついたら危ないんじゃないのか」

「そのときはレ・ジーンが水の祝福でどうにかしてください」

「いやわかるけど!!」

油に足をとられた軍人たちは、無様に甲板をすべってゆく。そこを隠れていたダンとタジラが、櫂で思いっきり殴《なぐ》りつけていた。

「我々は祝福が使えません。子どもだましのまねしかできない」

「いや、十分だよ」

アットは、渡り板の向こうをにらんでいる。

その視線の先には彼のかつての兄弟子のガガージがいた。

「再びあいまみえることになろうとは」

ガガージは眉じりを下げた。

「しかし残念です。あなたほど優秀な信徒が裏切り者に手を貸したあげく、月冠の使者に牙《きば》をむくとは」

「あなたのように、幼稚な使者に牙を抜かれるよりマシだ」

「誰が幼稚よ……」

月冠の使者は舌打ちをして、風の力を宙で集束させる。

暴風が船を包んだ。船は揺れ、足元がおぼつかない。

（こちらの船に乗り込んできた自分の味方ごと、沈める気かよ）

ジーンは使者の手にする風をにらみ、手をかざした。

（あれを奪いたい。仲間を守るためだ）

ふたりの力がぶつかりあう。月冠の使者はうめき声をあげ、みずからの風にはじかれた。

ジーンの手のひらには、渦巻く風の力があった。

「取らないでよ……」

「お前だって、これは人から奪った力だろ」

「違う。私がきれいだから、みんなが私に差し出した力だよ。きれいな人はなんでももらえるんだ」

「祝福の力はこの世界では特別なんだよ。そう簡単に取り上げていいもんじゃないぞ」

ジーンは、こぶしをふっと握りしめた。

「元の持ち主のもとへ帰ってくれ」

風は光を伴い空へとゆっくりのぼっていた。大型船からざわめきが起こる。修道士のひとりが、風の力を手にしていたのだ。

「あんな近場のやつから取り上げた力だったんだな」

月冠の使者は信じられないといったような声をあげる。

「うそ……だって私は……」

「本当に、国のために力を使ってほしいと言ってきた人の力だけもらってやれよ。あとは全部返した方がいい」

ジーンは使者の肌を輝かせる、真珠のようなきらめきに注目した。あれはたしか、アットから奪った力のはずだ。手をかざし、光を奪い取る。そしてアットへ向けて光をぶつけた。光の祝福はまばゆく輝いて、アットの中へ吸い込まれてゆく。

「戻ってきた」

アットは感動したように己《おのれ》の体を見下ろし、光を放った。兵たちはまぶしさにうろたえ、後退を余儀なくされた。

腕で光を遮《さえぎ》りながら、ガガージが叫ぶ。

「使者よ。私にも力をお戻しください。祝福持ちが何人もあちら側にいては不利です。共に戦わせてください」

「無理」

「なぜです。ルーシャもアットも祝福を持っていては、あなたに危害を加えるかも――」

「わ、私は……祝福の力を奪えても、誰かに譲渡することができないの」

ガガージは驚愕《きょうがく》の表情を浮かべた。

「だって、今までそうしてほしいなんて誰も言わなかったじゃない。それに私以外の人が力を使うのはおかしいって思ったんだもの。ネルジェス国王だって、それでいいって言った。私が特別じゃないと嫌だったし……」

月冠の使者は、声を震わせている。

容赦なくルーシャが剣を振るってきた。使者はあわてて鉄の剣を作り出し、それを受ける。ルーシャは己の剣に炎を灯《とも》した。

「一度使者の体を通したからか。以前は爪の先に火を灯すのが精一杯だったが、今はこんなこともできる」

ルーシャが体重をかけると、使者の剣に火がうつる。彼は叫んで剣を手放した。

「あ、あっち行ってよ!!　どいてったら!!」

使者ががむしゃらに手のひらを向けるが、祝福の力を出そうとすれば、それはすぐさまジーンに奪われる。厚い鎧《よろい》を剝《は》がされているかのように、使者はたちまち無力になった。

ジーンは使者の動きに注目した。祝福を出そうとするとき、いやでも集中力を要する。使者が気をとぎすませたそのときを狙い、いっきに祝福を奪い取る。魚を釣り上げるように。

ジーンは魚を釣ったことはない。だが司はある。

ひとりになりたくて、バイクに乗ってふらりと海へ出たことがあった。堤防には年配の男性たちが、クーラーボックスを椅子代わりにして座っていた。

——お前、下手《へた》くそだなあ。勢いで引くなよ、よく観察するのがコツだぜ。

収獲がふるわずふてくされて帰ろうとしたとき、たばこをふかしていた老人が声をかけてきた。他愛《たわい》ない言葉だったが、うれしかった。ここでは親の威光も顔の良し悪《あ》しも関係ない。ただこの日に釣れた魚の重さや大きさをネタに、裏表のない会話ができた。たばこの味も、その日から覚えた。

月冠の使者の手元に注目する。彼の指先がわずかに光り、周囲の空間がゆがむ。そのときが機会だ。

「なんで、どうして、私ばっかり力が取られて……」

使者はへばっていた。息を荒くし、くやしそうにジーンをにらみつける。

ガガージは、使者の肩をつかんだ。

「薄くなっている」

月冠の使者の額《ひたい》から、月冠の印が消えかかっていた。

使者はあせったように額に手を当てる。ガガージはその手首をつかみ、食い入るように月冠の使者の顔をのぞき込んだ。

「使者の能力があちらに移った。もうこの男は月冠の使者ではない」

空にのぼったふたつの月のうちのひとつが消えかけている。

「待って、ガガージ」

「あちらにおわすのが使者だ。危害をくわえぬように保護しろ」

使者はなんとかガガージに言うことを聞かせようと、力をふるおうとした。そのたびにジーンに奪われる。奪い返そうとしても、ルーシャに行く手を阻《はば》まれる。

「どうしてよ‼ 取らないでったら‼」

使者は気がついていたはずだ。

彼は──さおりは、その美しさを武器に、あまりにも傍若無人《ぼうじやくぶじん》にふるまいすぎた。その外見と使者の力に人々はひれ伏していただけであり、さおり本人に対しては、ひとつの尊敬の念も親愛の情も持ち合わせていなかったのだ。

さおりの中で、美しさは絶対的な価値観であり、美しさの前にひれ伏していたのは他でもないさおり自身であった。しかし、ガガージは月冠の使者の美しさよりも、女神の化身《けしん》であることそのものに彼の価値を見いだしていた。

「もうあなたは用済みです」

ジーンはガガージや兵士たちに向かって叫んだ。

「待て。俺が狙いなんだろ。それなら武器を捨てろ‼ 仲間に手を出すな。そこの、あざが消えかけている月冠の使者にもだ」

彼らはおとなしく従った。こちらの船にガガージが渡ってくる。彼はジーンの前で膝《ひざ》をついた。

「ご無礼をお許しください、月冠の使者よ。白の国《アスプロ》にお渡りになってください。そうすれば、すべてが解決いたします。以前の使者には役目を終えていただきます。お仲間を無事に国に帰すことも約束いたしましょう」

「お前……さおりにずっとついてたんじゃないのかよ」

「私は月冠の使者——女神の化身に忠誠を誓いました。それは今は、あなたのことだ」

「ガガージ」

　さおりは悲痛な声をあげる。

「あなたとネルジェス国王だけは、私の味方でしょう。ルーシャみたいに裏切ったりしない」

「……」

「ねえ、なんとか言ってよ。まだ祝福を使える。私はまだ……」

「その程度の力では、ただの祝福持ちと変わりません。今のあなたをネルジェス国王がごらんになれば、嘆《なげ》かれるに違いない」

　さおりは、氷の祝福で刃《やいば》を作り上げた。だが祝福の力は剣の形を取ることさえ叶わず、へにゃりと曲がってしまった。つららのなりそこないが、甲板に落ちて割れた。

ジーンはつららの破片を拾い上げた。氷の力は、いったい誰の祝福だったのだろう。元の持ち主のもとへ帰るように念じると、それは空にのぼっていった。

「言っておくけど、ルーシャは裏切ってないぞ。さおりのことを助けようとしていたんだ」

「ルーシャは、私のこと目に余るって言った」

「ヘラヘラそばにいるだけの人間と違って、耳に痛い本音を伝えてくれるやつにどれほどの価値があるのか、まだ気がつかないのか」

司は正直な人間が好きだった。父の会社の人間も、母の友人も、高峯家から付け届けをもらってニコニコしている学校の先生も、どうにか取り入ってやろうとする友人面《づら》する連中も、みんなが嘘つきだったから。

自分の顔が好きだと言った、出会った頃のさおりの、嘘偽り《うそいつわ》のないところが好きだった。ガガージは無情にも、さおりを見捨てようとしているようだった。そう、人間などこんなものだ。ある意味彼も正直な存在である。

「でも、俺はお前のことはいけ好かないんだわ」

ガガージはジーンを見上げた。うろたえた様子はない。むしろにこやかな笑みを浮かべてみせる。

「当然のことでございます。私たちは出会い方がよくありませんでした。しかし、これからいくらでも私はあなた様のお役に立ちましょう」

「ジーンが政敵……ザリラクス王や以前の白《アスプロ》の国教会幹部と接触したら事だ。お前はなんとしてでもそれを阻止するつもりだな？」

ルーシャの問いに、ガガージは首を横に振る。

「そのようなことは。しかし、新しい使者様もまた男性です。なにかと苦労されるかと存じます。ネルジェス国王と私は、男性の使者を保護した実績があります。我々にお任せくだされば、なにひとつ不自由なことはございません」

月冠の使者――さおりは叫んで、ガガージの背後にしがみついた。火の祝福を体にまとっていたが、それは弱々しく消えかけている。ガガージのマントに焦げ跡を作っただけだ。

「そうだ、ルーシャとご友人ということであれば、彼の立場も回復させましょう。それにご友人たちも、一緒に白の国へいらしてはいかがです。それぞれにおもてなしいたしますよ。一生働かずとも衣食住には困らない生活をお約束いたします」

「ガガージ、聞いてよ」

「今からでも神託の儀式をやりなおすのです。祭典のために人々は集まっています。ちょうど良い機会でした。月がふたつ浮かんでいることに対する説明もしなくてはなりませんし──」

「ガガージ」

「ああ、ひとつは消えかけているんでした」

ジーンはガガージの背後にいる、さおりに手を伸ばした。

涙で濡れた、以前の自分の顔。

思い出す。幼いときの自分も、こんな顔をしていた。

「さおり」

彼女の手を握りしめ、ジーンは深く息を吸い込んだ。

「さおりが、顔を大月桜子そっくりにしたいって言ったとき、俺は信じがたい気持ちだった。この顔のおかげで苦労することばかりだった。同性にはやっかまれて友達ひとりできないし、女の子は俺に無責任な王子様像を投影してくるし、しまいには変態に追いかけられたりもした。母親は俺に演技を学ばせようとしたけどどうしようもない大根だったし、父の会社には、俺よりすごい経歴のやつがごろごろ入社してた。見てくれだけの存在は、ひどく空虚だ。両親の期待を裏切り続けて、俺の上《うわ》っ面《つら》しか見ない連中に振り回されて、居場所をなくしていった。正直にこうして真情を吐き出せば、贅沢《ぜいたく》な悩みだと一笑《いっしょう》に付《ふ》される。俺は人を信じることができなくなっていた。……お前は、今幸せか？」

「私は……」

「この世界で、さおりが得たものは何だったんだ？　これがお前の望んだことか？」

「私はただ、きれいになって……世界のすべてを、見返してやりたかっただけなの」

そうか、とジーンはつぶやいた。

ルーシャは言っていた。月冠の使者がこうなってしまった原因は、自分にあると。

（それは間違いだな。司とさおりであったときから、俺は彼女の抱えた鬱屈《うっくつ》に気がつけなかった。彼女の悩みの根源は、自分の容姿を認められないことで、それは俺を含め——彼女を彼女たらしめてしまった周りの環境にも問題があったんだ。もっと、やりようがあったはずだ）

美しい姿を手に入れて、世界のすべてを見返したい。

そして、世界はなんと答えるか。

「俺は、さおりにとっての『世界』になれなかった。だから今できることをするよ」

彼女の——以前の自分の体を抱きしめて、ジーンは祝福の力をしぼりとった。

これがさおりに、殻《から》に閉じこもっていた高峯司にできる、唯一のことだと思えた。

光がまたたく。月が重なり、赤く光る。叫び声が響いた。さおりのものなのか、自分のものなのかはわからない。共鳴し、魂を震わせる。

やがて音が、消えた。

いつのまにかかたくつむっていた目を開くと、どこかで見たような懐《なつ》かしい景色が広がっていた。

（……これ、日本のデパートか？）

見上げれば、お手洗いやエスカレーターの行き先を示す看板。右手には映画や美術館のチケットが並んだ金券ショップ、背後には女性用のファッションコーナー。背の低いマネキンが、青い花柄のワンピースをまとっている。

さおりはいない。従業員出入り口のわきに、占いコーナーがぽつんとあった。

「また会ったわね」

グレーのスーツに身を包んだ女が、手招きをしていた。

「どこかで会いましたっけ？　っていうかここどこ？　俺はたしか、船の上で……」

「神託の時間よ、レ・ジーン」

女は淡々とそう言った。

「時間は二十分でいいかしら？　あなたの場合、延長は受け付けられないの」

席に座るようにうながされる。占いコーナーか、初めて入ったな。ジーンはぼんやりと思った。そうして、疑問をぶつけるべきはもっとたくさんあったはずだと思い直す。

「あのさ、神託の時間ってことは、あなたは女神さまってことでいいのか？　宗教画と姿がだいぶ違うんだけど……」

「そうよね。あなたには黒の国《マヴロ》で過ごした別の人生がある。それがあなたの価値感に多大な影響を及ぼしているんだもの。私の姿に疑問を持つのは、しごく当然のことよ」

女はタロットカードを切りはじめる。彼女とどこかで会った気がした。黒の国ではない。司の人生のときか？　しかし、デパートの占いコーナーに足を向けようなどと思ったためしもない。

「それでは、過去のあなたと、これからのあなたを占いましょうか」

女神はタロットの山をこぶしで二度叩くと、すばやくカードをめくりはじめた。

「まず、過去のあなた。絶望しているわね。暗闇の中にいます。きっとままならないことが多かったのでしょう。ご両親はどちらも、とても忙しい。お金にも美貌にも恵まれているけれど、あなたはそれに価値を感じていない。むしろ煩《わずら》わしくて、人生をややこしくする要素だと思っている。それから……」

「いや、俺のことはいいよ。司のとき絶望してたのも、今はそこそこ満足してるのも、自分のことだからちゃんとわかってるよ」

「でも転生前のあなたは苦しんでいたわ」

「それは……俺自身が、情けないやつだったからだよ」

女神はカードを切り直した。そうしてたずねた。

「では、今はなにを望んでいるの？」

「俺に関わった人、すべてを助けたいんだ。ルーシャのことも、アットのことも、ダンやタジラも、それから……さおりも」

あいつは今、苦しんでいる。

己の愚かさに苦しめられている。自業自得《じごうじとく》だとか、浅はかな悩みとか、笑うのは簡単だ。司のときでは知り得なかったさおりの苦しみを知り、ジーンになったからこそ彼女を救いたいと思う。

「俺は、間に合うなら、さおりを助けたい」

きっとルーシャも。

さおりのことを助けたいと思っている。彼女を止めるために、自分の命もかえりみず危険な旅に出たのだから。

女神はうなずいて、カードを切った。

「死神のカードよ」

「死神、ってて、だめってことか……？」

不吉な骸骨《がいこつ》をたずさえる黒騎士。そのカードを、女神はつまみあげる。

「いったんすべてを終わらせて、新たな始まりを迎えられるという意味です。死神はけして悪いカードではない。死とは、連綿と続いた不幸の連鎖を断ち切ることを意味します」

「どうすればいい」

「あなたが一度手放したものを、もう一度取り戻すこと。あなたはそれを手放してせいせいしていたと思うけれど、残念なことに舞い戻ってくる。でもそれであなたの望みは手に入るわ」

女神はジーンの腕に、銀のブレスレットを巻いた。月のチャームと、赤いパワーストーンがぶら下がっている。いつかさおりがつけていたのと同じものだった。

「ひとつ聞いていいか？」

「どうぞ」

「使者が必要なら、なぜ最初から俺ひとりを降臨させなかったんだ？　なぜ俺の体にさおりの魂が入って、俺はレ・ジーンとして生きていたんだ？」

「……そうね。鑑定時間はまだ余っている」

女神はカードを片しながら、とうとうと話しはじめた。

「あなたはもうすっかり知っているけれど、二十年前の戦争で、私は自分の子どもたちに絶望しました。なにひとつ私の言うことを聞かない、気にくわない子どもばかりだった。喧嘩はあれほどやめろと言ったのに、土地だの金だの、ありとあらゆるくだらないものをめぐって、毎日うるさく騒ぎ回って血を流した。見ているだけでうんざりしていたのよ」

「でも、女神の衣《ころも》が現れた後は、ザリラクス王はいろいろやってたらしいぞ。大聖堂を作ったり、戦災孤児を保護したりさ……それでも壁がなくならないから、病《や》んだって聞いてるけど……」

「子どもの言うことなんて、あてにならないわよ。絶対自分が世話をするって言ったペットが、いつのまにか母親が世話をするはめになってるなんて、よくある話。なんでもするから、お手伝いにするから、いいこにするからって言葉にいちいち取りあってられないわ。ザリラクスはよく私にアピールしたわね。大聖堂を建てたよ、病院も建てたよ、たくさんお祈りしてるよ。どうせその場しのぎでしょう。女神の衣を取り払ったらまた忘れて戦争をするに決まっています」

「では、白の国《アスプロ》に菅原さおりという使者を与えたのはなぜ？」

「あなたの恋人だったからよ。使者ははじめからあなただったの。あなたの体が降臨したのがその証拠」

「では、俺だけを転生させればよかっただろう。さおりを巻き込んだのはあんたか」

腕に揺れるブレスレットを見て、ふと気づいた。

さおりはこの女にそそのかされたのではないか。

たしかに彼女は、ひと一倍外見にコンプレックスを抱《かか》えていたと思う。司が別れ話をしたのもよくなかっただろう。

でも、人を巻き込んで自殺をするような女の子だったかと問われれば、それは否《いな》だった。司は、さおりの負《ふ》の面もたくさん見てきたが、そうでないところも目にしていた。流行のスポットが好きで、頻繁《ひんぱん》にSNSをチェックしていた。ちょっと変わったアートが好きで、熱心に調べ物をしていた。新しい資格を取ったと、報告をもらった。手作りのお菓子は甘くておいしかった。それは人生を楽しむエネルギーにあふれていなければ、自然とできることではなかったと思う。

自分そっくりに整形したいという彼女の願望に理解を示せなかったからこそ、司は別れを選択したが、彼女を構成する要素はけしてそれだけではなかったのだ。

ごく普通の若者が、一直線に死へと向かった原因はなんだったのか。

「さおりは、あんたにそそのかされたりしなければ、心中しようだなんて思わなかったんじゃないか？」

「高峯司――あなたをひと目見たとき、ぴんときました。さまざまな念があなたをがんじがらめにしている。あなたの魂は疲弊《ひへい》しきって、解放を求めているって。こういう人はとても使者向き。現代の日本では生きづらくとも、白の国《アスプロ》や黒の国《マヴロ》ではいきいきと力を扱うことができる」

「話を聞けよ。俺だけを転生させればよかったって言っただろう」

「その中でもあなたにもっとも強くしがみついている思念の糸は、菅原さおりが握っていた。私は考えた。これまで通りに使者を与えたとしても、人々はまた同じように私に甘え、考えを放棄するだけだと。なぜこの使者が自分たちのために遣《つか》わされたのか、そこに気がついてほしかったの。子どもたちに考える機会を与えるのも、母親のつとめ。それに、あなたが高峯司のまま転生したところで、菅原さおりのようにならなかったと言えるかしら？」

「それは……」

そうだ。今の自分の価値観は、レ・ジーンの人生で築いたものである。もてはやされる人生をありのままに享受《きょうじゅ》して、尊大に構えて、もしかしたらさおりよりもひどい使者になっていた可能性だって否定できない。

「使者は浮世離れしているからこそ、人に愛され尊敬されると思っていた。でも違う。この世界を、ただの人としてよく見ていた人物の方が、世のため人のために力をふるうことができると感じたの。そして『不適格な使者』を墜《お》とすことにより、情熱的な革命家を生むことにも成功した」

女神はカードを開けた。戦車。彼女はそのカードの上にひとさし指を置いた。

「ルーシャは、国のために必要な存在です」

つまり、女神は。

黒の国にジーンとして司を墜とし、平凡な人生を歩ませた。さらに白の国にさおりを墜とし、ルーシャと関わらせた。すべては正しい使者と、国を変えようとする「出来のいい息子」を作り上げるために。

「俺とさおりを別々の国に墜としたのは、俺たちを再会させないようにするためか？」

「そう。使者に男性を選んだのも、今まで通り教会に任せていては同じ歴史が繰り返されるだけだと思ったからです。男の使者を墜とせば子どもたちは勝手に私の怒りだと勘ぐって、使者を手放します。まあ、菅原さおりの中身は女性だったけど、いずれあなたが使者を継ぐんだから問題はないわ」

「俺やさおりは無理矢理この世界に引っ張り込まれた。それに関してなんの謝罪もなしか？」

たまたま自分が、運悪くこの女神に目をつけられた。

そしてさおりが巻き込まれた。

「なぜですか？　菅原さおりひとりの犠牲で、この先の何千、何万という人々が救われるのです。あなただって、前の人生よりいい思いができるのに。たいしたことではありませんよ」

「話の通じないオバサンだな」

ジーンはテーブルにこぶしを打ち付ける。カードがはねて、ぱたりと落ちる。

月のカードだ。女神はそれをめくり、ふっと息を吹きかけた。

「時間よ。レ・ジーン。神託はこれで終わり。あなたは戦《いくさ》に明け暮れる民を鎮《しず》めるために降臨した。それが命題です。壁でへだてたごときじゃ血の気《け》の多い子どもたちは止まらない。あなたは祝福の力を奪い取り、あなたの選んだ使徒にそれを与えなさい。そして人々に女神を敬うことの大切さを思い出させるのです」

「祝福の力は、信心深い者に宿るんじゃないのか？　奪い取ってどうする」

「あなたも薄々気がついていたはずよ。信心深い者に祝福が宿るなら、レ・ジーンのような人物にはふさわしくない。祝福が得られるかどうかは、たんに私の気まぐれよ。たまに左利《き》きの人間が生まれるのと同じようなものだと考えてくれて構わない」

左利きの人間は全員が信心深いと思う？　女神は笑ってたずねた。

「祝福持ちは信心深い。そんなものは子どもたちの勝手な妄想とこじつけです」

「祝福の力を奪いまくれ、か。俺が神託をそのまま素直に受け入れると思わないでもらいたい。俺は俺の正義のもとに動くぞ。あんたの言いなりにはならない」

「そうね。そのためにレ・ジーンの人生があったんだもの。今回の『使者降臨』は、私にとっても挑戦なの。今後を楽しみにしているわ、レ・ジーン」

女神は寂しそうにほほえんだ。

「行ってらっしゃい。菅原さおりは、あなたの望み通りに」

占いコーナーを出ると、デパートのスピーカーがジジジと音をたてた。ジーンは驚いて、思わず館内放送に耳を澄ませた。

「お客さまに、迷子のお知らせをいたします。すがわら、さおりちゃん。すがわら、さおりちゃん。大月桜子そっくりの見た目に、消えかけている月をお持ちです。お心当たりのある方は、恐れ入りますが『あの日あの時の駐車場前』まで、おこしください」

「気味悪いなオイ」

ジーンは足早に駆けた。彼のそばでマネキンの青いワンピースの裾《すそ》がひるがえり、宝飾品コーナーでは月のブレスレットが並んでいる。旅行会社の入ったテナントには、さおりの実家、山梨の温泉地行きのバス旅行のチラシが一面に飾られていた。そして、大月桜子がイメージモデルをつとめる化粧品コーナー。

このデパートはさおりの深層心理の具象化か。

エスカレーターを駆けおり、薄暗い地下駐車場へ。見覚えのある白い車が見えた。

あの日。ふたりで過ごした人生最後の日。さおりが運転したレンタカーと同じ車種だ。

ジーンはそれに飛び乗った。キーもないのにエンジンがかかる。

「いや運転、二十数年ぶりなんだけど」

発進した。もう止められない。

今ならば、間に合う。女神さまとやらの奇跡の力、見せてもらおうじゃないか。

ジーンの腕で、銀のブレスレットがきらりと光った。

＊

……頭が、痛い。

体が動かない。頭痛はしょっちゅうだったけど、こんなに体が重たいなんて。

ああ、やっぱり祝福の力を使いすぎたんだ。あんなに簡単に司に奪い取られてしまうなんて。もっと体調が万全だったら、勝てたかもしれないのに。

ガガージの冷淡な顔が浮かんだ。あっさりと自分を見捨てた男の。

ぞっとする。

人って、なんて薄情なんだろう。顔がきれいでも通用しないことって、この世にあるんだ……。

再会した司は、司じゃないみたいだった。全然知らない、平凡で、たいした見てくれじゃない男の体に入ってそれで満足だと言っていた。仲間たちには「ジーン」と呼ばれていた。私にこの体をくれるなんて信じがたいことを言ったのだ。

彼はきっと自分の体を取り戻したいはずだと思っていた私は、拍子抜けした。

体だけではない。

祝福の力は、自分を強く、美しくしてくれる武器だ。集めれば集めるほど人は自分を尊敬するし、逆らえなくなる。

その祝福の力をあっさりと他人にやってしまうのは、さおりにはできなかったことである。美貌すら、力にすら、執着しない。しかし手放す強さを知っている彼は、間違いなく本物の月冠の使者だった。

――彼は、どんな人生を歩んでいたのかな。黒の国《マヴロ》で。

初めて、それが気になった。

それにしても、もともとの私の体はどこへ行っちゃったんだろう。

「さおり、さおり!!」

遠くから、魂を揺さぶるようにして名前を呼ばれた。

さおり。そうか。久しぶりに、司にそう呼ばれたからか。

白の国《アスプロ》で、私に名前はなかった。「月冠の使者」と呼ばれ、元いた世界での名前をたずねられたこともなかった。

それとも、ルーシャのことを信じていれば。

彼は司のことを「ジーン」と呼んでいた。私もああいうふうに、名前を呼んでもらえたのかもしれない。ルーシャは私のことを知ろうとしてくれていたのに、私がそれを拒絶したのだ。

すべては過ぎ去ったことだけれど。

「ゆかり、先生を呼んできて。さおりが目覚めたって。ああ、本当に……そんな……」

「お母さん……?」

涙ぐむ母の顔が目に入った。

お母さん、私のために泣いたりするんだ……。

さおりはぼんやりとそう思った。初めて整形したときから、母親とはぎくしゃくしだした。それまでさおりのことを「可愛い」と言ったことなどなかったくせに、母は「あなたはあなたで可愛いのに、なぜそんなことをするの」と責めたのだ。

「でも、お姉ちゃんのが可愛いんでしょう。小さい頃からそうだった。この顔のせいで着たい服も着せてもらえなかったし、お姉ちゃんと比べられて私はかわいそうって言われてたし、この子は不器量だから嫁のもらい手を探すのが大変だって、さんざんからかってきたじゃない。コンプレックスをお金で解決してなにが悪いって言うのよ！」

狭い田舎《いなか》社会のことだ。さおりが整形したら、芸能人でもないのにとか、人には言えない仕事でもしてるんじゃないかとか、口さがない噂をたてられる。母親が気にしているのは世間体で、娘の悩みに寄り添うつもりなんてかけらもないのである。

そうしてさおりは長らく実家に帰らなかった。

あの鑑定師、星月《せいげつ》ルミ子に言われなくても……気詰まりな人生をどうにかしたいとは思っていた。死を明確に意識したのは鑑定を受けた後だけれど、もしかしたら遅かれ早かれ、自分の人生に自分でけりをつけることになるかもしれないと。

毎日鏡を見て、日々年齢を重ねて醜くなる恐怖と戦い続けることに、さおりは絶望していたのだ。一分一秒ごとに自分の価値がすりへってゆく。そのことに対する折り合いのつけかたがわからなかった。

「あなた、大変だったのよ。対向車にぶつけられて、事故になって。あなたは運良くエアバッグのおかげで助かったけど、助手席の男の子は……残念だけど……」

「……え……？」

「彼あなたのこと、かばってくれたみたいで……。でもあなたも頭をぶつけて、ずっと意識不明だったのよ。向こうの車を運転してた外国人の男はもう亡くなっていて、当時の状況もあんまりわからないの。ドライブレコーダーの映像はあるから、あっちがぶつかってきたのははっきりしてるんだけどね。ああ、まだ理解できるような状況じゃないわよね。今お医者さんが来てくれますからね」

——おかしい。

私は意図的にアクセルを踏んだ。ガードレールを突き破って、高架道路から真っ逆さまに落ちたはずだ。対向車？　司が私をかばった？　私の認識と、母から与えられる情報に食い違いがある。

……なんで私、生きてるの……？

なにが現実？　どこからが……夢？

「ぶれ……」

「なに？　さおりちゃん」

「ブレスレット……は……？」

「ブレスレット？　そんなもの、してなかったわよ」

なぜ私の体がなかったのか。

死んでなかったのだ。だからあちらの世界に体を持ってこられなかった。いつから？

初めからか？

これは、司の祝福の力によるもの？

司は、月のブレスレットをしていた？　そうたずねたかったが、まぶたが重たくなってきた。

私たちはソウルメイトだ。

でも——私も、手放そう。彼の外見に、己の外見に、憧《あこが》れに執着していた自分自身を。

風にあおられ、病室のカーテンが舞い上がる。

真昼の月が、赤く濁って見えた。

＊

ジーンが月冠の使者を抱きしめると、ふたりの体は光に包まれ、溶け合うようにひとつになった。その光はまぶしく、誰もふたりに近づくことはできなかった。

ルーシャはがむしゃらに手を伸ばした。

月冠の使者。レ・ジーン。

どちらも、ガガージやネルジェスに渡すわけにはいかない。

(どちらも救いたい、俺の友人だ)

時が巻き戻せるなら——月冠の使者に出会ったときからもう一度やり直したかった。あのときのままの自分でいられたなら。気がつけばいつしかルーシャは、彼を「使者」としてしか認識しないようになっていた。彼もひとりの人間であることが、いつのまにか意識から欠落していたのだ。

そしてルーシャは己の保身を優先し、月冠の使者が敵を増やしてゆくのを、腕をこまねいてながめていた。

このままでは早晩国民たちは反旗をひるがえし、使者を手にかけるだろう。そうなる前に——みずからの命と引き換えにしてでも、彼を止めなくてはならなかった。

(俺はどうなってもいい。使者がふたりいるというのなら、ふたりとも助ける)

ふたりを包んだ光は集束し、細くなってゆく。最後の光が月冠の使者のブレスレットに吸い込まれると、ルーシャは彼の腕をつかんだ。

「月冠の使者、大丈夫か。ジーンは……」

使者の額には、再び月冠のあざがくっきりと浮かび上がっている。そしてジーンの姿はどこにもない。まばたきをしながら自分を見返す月冠の使者に、ルーシャは確信した。

「お前……ジーンか？」

そのまなざしは、黒《マ》の《ヴ》国《ロ》で共に肩を並べた友人のものだ。

壁を通り抜けてみせるなんてむちゃくちゃなことを言って、友人や仲間のために一生懸命で、わずかな酒や食べ物を極上の笑顔で口にしていた、誰よりも全力で生きていた彼の、みなぎる熱を伴ったまなざし。

「……そうみたいだ。ああ、一度手放してせいせいしたものって、この体のことかよ。くそ……せっかくおさらばできたと思ったのに」

「前の体はどうした」

「知らん。向こうに置いてきちまった。今頃、交通事故を起こして死んだ、身元不明の外国人ということにされてる」

「またわけのわからないことを……」

月冠の使者――ジーンは頭をぶるぶると振って、息をついた。空を見上げる。赤い月はひとつだ。

彼は後ろ頭をかいて、けだるそうに言った。

「えーっと。なんだっけ、ガガージ？　俺、お前と行かないから」

「……。どうやら使者のお身体には、先ほどの男性が入っていらっしゃるのですね。理解しました。しかし、お考え直しください。白の国《アスプロ》はあなたにとっても居心地の良い場所になっているはずです」

「神託を受けたよ。でも俺はその神託の内容に納得していない。反抗期の使者ってわけだ。教会にも王国にも属さない。俺、やりたいことあるし」

「では、力ずくでも白の国の使者になっていただきます」

兵士たちが姿勢を正す。彼らの視線の先をたどった。

さおりとガガージを乗せてきた船の上にひとりの男が姿を現した。豪奢《ごうしゃ》なマントに、きらびやかな金の王冠。白の国の象徴である鷲《わし》が縫い取られたシャツと腰巻きを身にまとい、ひげをたくわえた貫禄のある大男。国王ネルジェスだ。

ルーシャは心の中で舌打ちをする。彼が出てきては、こちらにいくら祝福の力があろうと絶体絶命だ。

ネルジェスは余裕の口ぶりであった。

「月冠の使者よ。祭典は終わった。ひと悶着《もんちゃく》はあったが、まあよい。おさまるべきところにおさまったということにしよう。我が国へ帰ろうではないか」

「──悪いけど、見た目は今までの月冠の使者でも、中身はそうじゃないんだ」

「そのようだな。ふたつの月はひとつになった。以前の使者はどこかへ行ってしまったのか？　詳しいことは月冠の使者本人がすべてを知っているのだろう」

月冠の使者……ジーンは黙り込んだ。ルーシャはどうするべきか決めあぐねていた。

（月冠の使者の圧政を止めるという俺の目的は果たされた。中身がジーンなら、白の国を任せても安心だ。だが……）

ジーンならば、自分本位なふるまいで民を虐げた以前の月冠の使者のようにはならないであろう。

だが白の国は、祝福による徹底的な管理体制と、ネルジェス国王にとって都合のいい仕組みができあがっている。かといって、ネルジェス国王と手を切って政教分離の道に進もうにも、白の国の教会組織はすでに解体されているし、以前の組織が清廉《せいれん》そのものかと問われればそうではない。国王と教会、白の国ではどちらについても、ジーンにとってはいばらの道だ。

──そしてなにより、ジーンは女神の神託を拒絶しているのである。

「そなたの悪いようにはしない。なんでも望むものを与えよう。なにか成し遂《と》げたいことがあるのか？　それなら私に申してみよ。私に叶《かな》えられぬことはない」

「俺の望みか。しいて言うなら、あんたたちの支配から白の国《アスプロ》の人々を解放することかもしれないな。現状を知ったときは相当がっかりさせられたから」

「支配などと人聞きの悪い。これは指導だ。今も祝福の力が止まり、民は混乱している。使者は火を与え、水を与え、文明を与えなくてはならない」

「自分たちでやれよ。俺のいた国ではそうしてたぜ。誰かひとりの力をあてにして、水もエネルギーも頼りっぱなしなんてばかげてる」

「天の世界と一緒にするでない」

「天の世界……俺のいた日本だって、あんたたちの国となんら変わらない人間の集まりだよ。祝福なんていう魔法すらない。自分たちの生活を守るには、自分たちが考えて、何度も失敗を繰り返して、ようやくひとつずつ成功を手にするほかなかったんだ。だがあんたらは使者がなんとかしてくれるって、考えることを放棄し続けた。長らく使者がいない期間ですら、自分たちでなんとかしてみせようなんてことはしなかった。いつかは使者様がどうにかしてくれるんだって、今は面倒だから考えたくないって、そればっかりだ。目先の損得にとらわれて戦争して、女神の怒りを買って自分たちを追い詰める。そんなやつらのためになんで俺が協力しなきゃいけないんだよ」

ジーンは深く息を吸い込んだ。

「俺は月冠の使者って名前じゃない。レ・ジーンっていう、育ての親につけられた立派な名前があるんだっていうの。レ・ジーンとしての人生、まっとうさせてもらうぜ」

「白の国の民を見捨てるつもりか」

ネルジェスは低い声になった。

「今この瞬間も、人々の喉《のど》は渇《かわ》き、体は冷え、病《やまい》に苦しむ者たちがいるんだぞ」

「では聞くけどよ。使者が力を使ってそいつらを助けている間、あんたはなんかしてたのか？　使者がいなくなったらすべてが終わりだよな。それなのに考えていたことはなんだ？」

――侵略。

ネルジェスはあくまで失った権威を取り戻すことに固執していた。ルーシャと仲違《なかたが》いしたのもそのためだ。民は自立などできないほうがいいのだ。月冠の使者に、それを庇護《ひご》する自分に権威をもたせるためには、彼らを依存させるほうが手っ取り早かった。

「以前の使者が集めた祝福の力は、いったん返すよ。祝福持ちたちが協力して国を立て直せばいい。以前の使者が使った力だ。能力はあがっているはずだし、さおりが作ったという祝福を流す仕組みをそのまま流用すれば、当面のところ困らないだろう」

「ザリラクス王のもとへ行くつもりか」

「どこで何しようが俺の勝手だ」

それでいいと答えるほど、ネルジェス国王は甘くない。一度黒の国《マヴロ》に月冠の使者が渡ってしまえば、壁に阻まれて白の国《アスプロ》は彼に干渉できないのだ。かつての敵であるザリラクス国王が彼を隠し、二度と戻さないようにするかもしれない。

「――捕らえよ。月冠の使者を我が王城へお連れする」

こうなると思った。交渉が通じる相手じゃない。

「ルーシャ、俺が使者なんかになっちまったせいですまない。逃げよう」

すまないはこちらの台詞《せりふ》だ。神託の島へ来なければ、ジーンは今まで通りの人生を送れていたかもしれないのに。

ジーンは祝福の力を使い、ネルジェスの乗る船と自分たちの船の間に巨大な岩壁を作り出した。

ルーシャはジーンと共に兵を振り切って駆けた。アットが遠くから手を振っている。いつのまにこの船を抜け出したのか、ダンやタジラと共に新しい船を調達してきたようだ。

ザリラクス国王がひそかに手をまわしたのかもしれないと思ったが、もう細かいことは考えていられなかった。

ネルジェスがなにかを叫んでいる。ジーンは水の祝福を使い、器用に海の上を駆けた。ルーシャにもそれを使えるようにした。

（月冠の使者よりも、祝福の力の使い方がこまやかだ。ジーンが本来の体を手にしたからか）

新しい船のへりに足をかけると、三人が引っ張り上げてくれた。

「おふたりとも、早く」

「お前、これからどうするんだよ。なんかとんでもないことになってるぞ」

「ジーン、お前の体を解剖するのは後だ。とにかく出発しないと」

「タジラ。後でも今でも解剖はよしてくれよ」

もちろん、ジーンの逃亡を白の国側はよしとしない。ネルジェスたちを乗せた船がこちらに全速前進してくる。

「悪いなあ、みんな」

ジーンは手を組み、祈りを捧げるように目を閉じた。

光の粒子が彼を包み込む。そのあまりの美しさに、ルーシャははっとした。厚い雲間から射すまぶしい光を垣間見《かいまみ》たかのような、一瞬。

「これは大爆発だぞ」

ゆっくりと目を開き、ジーンは指を鳴らした。

彼の体からさまざまな色の光が放出し、空へ伸びていった。圧巻だ。ひとりの男から流星群が生み出されたかのようだった。

（祝福の力を、元の持ち主に返しているのか）

光の奔流《ほんりゅう》にさまたげられ、ネルジェスたちは追ってこれなくなった。

＊

とある地下鉄駅のそば、築四十年のおんぼろデパートの片隅で、ベテラン占い師星月ルミ子はタロットカードを切っていた。

さあ、めっきり人が寄りつかないこの鑑定所にも、誰か流れてくるかしら。

「あら、いらっしゃい」

来店者である。

「ちょうどよかった。予約の方はいませんの。なにかお悩み？」

まっすぐに伸びた黒髪に、切れ長の瞳。日本人形のようなミステリアスな雰囲気の女性である。目の覚めるような赤い花が散った、派手なワンピースを着ていた。

年の頃は二十代前半。赤系のシャドウと揃《そろ》いのリップ。わざとらしく強調しすぎて、逆に印象に残らない、漫画の登場人物のようだ。

「占ってほしいんです」

「あら。今の人生についてですか。私の来世についてではないの？」

「今の人生は、九割方終わりました。やるべきことをやれないまま、目的を見失ったんです。あとはこの命が残っているだけ」

「若いのに、投げやりなことを言ってはいけないわよ。まあ座りなさい」

ペットボトルのお茶を口に含み、ルミ子はそう言った。この手の客はたまに来る。学校や勤め先で追い詰められて、たちの悪い男に捕まって、心も体もぼろぼろ。心療内科でたっぷり薬をもらって、夜はたいてい眠れなくて、スマートフォンで形ばかりの友達を作って、なんとか自分を保っている。

「あなた、私のこと死にたがりのバカな女だと思ってるでしょ？」

挑戦的ににらみつけられたが、ルミ子はひるまなかった。

占い師というものは、布をかぶって水晶玉でもいじくって、眉唾《まゆつば》ものの予言や奇術もどきをやっているというイメージがはびこっているが、現代日本の占いはクリーンな商売だ。タロットカードを切ったり手相を見たりするが、やっていることはほとんど心理カウンセリングである。ルミ子の所属する鑑定所は壺やお守りを売りつけたりもしない。

お客のどんな悩みにも——不倫やら借金やら、ちょっと人には言えないような悩みにも、秘密厳守のうえで真摯《しんし》に耳をかたむける。

ルミ子は、自分の仕事を「告解《こっかい》」の聞き手のようなものだと思っている。

「まさか。お名前を教えてくださらない？　なんてお呼びしたらいいかしら。このプロフィールシートに、そう、書ける範囲でいいの。私に占ってほしい内容を書いてくださらない？」

塚野成実《つかのなるみ》。占いの目的は、死別した相手との恋愛について。

ルミ子は少しばかり眉を寄せた。

この鑑定所では、生死にまつわる占いは禁じられている。必要以上の責任が伴うからだ。だが——。

「彼のお誕生日はわかる？　そう、生年月日から。生まれた時刻はさすがにわからないわよね？」

「わかります。すべて」

ピンクの手帳を取り出し、彼女はぱらぱらとページをめくる。切り抜きや写真を貼っているのだろう、手帳ははちきれそうなほどに分厚くなっていた。

「あら、スクラップブックがお好きなの？　私もよくやるのよ。旅先で撮った写真とか、ご当地のスタンプとか――」

「違います。これ、『彼手帳』なんです」

成実はにっこりと笑ってみせた。

「私の大好きな彼――高峯司くんに関して、いろんな情報を集めて、ぜんぶひとつにまとめたノートなんです」

一冊、まるごと、彼のノートなのか。

ルミ子は表情を変えなかった。高峯司。よく知る名である。

やはり、そうだと思った。高峯司をがんじがらめにしていた運命の糸。そのひときわ強い一本は、菅原さおりが握っていた。だが、負けじと輝くもう一本は――。

「……なんでその手帳をつけはじめたの？」

「大好きなものはとことん掘り下げるといいって、先生……あ、私少し前から恋愛セミナーに通ってて、そこの先生に言われたんです。私、高峯くんのお父さんの会社で受付嬢をしていました。インターンシップでやってきた彼に一目惚《ひとめぼ》れ。一生懸命アプローチしていたんですけど、なかなか高峯くんが振り向いてくれなくて。だからおまじないも占いも、恋愛セミナーもやれることは全部やりました。先生が言うには、女性というのは心持ち次第で魅力的になれるそうなんです。男性は魅力的な女性を見つけたら、放っておいても追いかけてきてくれる、『狩り』をする生き物だから、まずは私が魅力的にならないとって……だから自己肯定感をあげるためにも、とことん自分の『好き』を追求しなさいって。『好きなものノート』はそれからつけるようになりました」

恋愛下手《べた》な女性のために、その類《たぐ》いの教室があることは、ルミ子も知っている。占いをしに来る女性と、恋愛セミナーを受講する女性は、客層がかぶっているからだ。お客から、そういった講座そのものについて相談を受けることもある。

恋愛ややる気といったマインドにかかわるセミナーというのは、高額なわりに心の持ちようといった面が強いので効果を実感しにくい。社会的な資格を取れるわけでも、パソコンスキルが上昇するわけでもない。すべては本人の心のコントロールにかかっている。

そして心を完璧にコントロールできる人間というのは、そもそも存在しない。

「好き」を追求するというのはおそらく趣味や仕事に関することで、恋愛以外を充実させて人間的に豊かな側面を増やそうという狙いであろうが、成実は全力で想い人そのものに情熱を注いだようだった。

「そう。頑張ってノートを作ったのね」

どんなお客のことも否定から入ってはいけない。ルミ子なりの仕事のセオリーである。

「でも、内容を更新できなくなっちゃいました。彼が死んじゃったから」

「辛《つら》い経験をされたのね、成実さん」

「彼ってとても魅力的なんです。ルックスも完璧で、お金持ちで、それなのにいつも寂しそうなの。私、彼のそういうところに惹かれてました。でも変な外国人が、彼と女の乗った車に突っ込んで、彼のことを殺しちゃったんです。よりによって、女の方は生きている」

「……」

「辛かったけど安心しました。これで高峯司は、永遠に誰のものにもできなくなったんです。運命はあの女を選ばなかった。だから、私が彼と添い遂げることにしたんです」

ルミ子のカードを切る手が止まった。

久しぶりの大物である。このこじらせ具合は、菅原さおりを超える。

成実はつやつやとした赤いくちびるをゆがませて、たずねてきた。

「私と高峯くんの相性を占ってください。運命の赤い糸で結ばれているなら、きっと私たちは来世で恋人……いや夫婦にもなれているはず。親子やきょうだいでもいいけど、やっぱり夫婦がいいな。だってセックスしたいし。今回の人生では余計な女が邪魔をしてきて、本当に目障《めざわ》りだったんです。次の人生ではもう邪魔は入らないですか？　私と高峯くん、ふたりで幸せになれますよね？」

ルミ子はカードを並べはじめる。

この人物は、と思えるお客が現れたときに渡すブレスレットを取り出した。星をかたどったシルバーのブレスレットである。

レ・ジーンは神託を受けておきながら、使者の役目を放棄しようとしている。ある程度は子どもの意志にまかせるが、活躍する場所を間違えてもらっては困る。軌道修正しなくてはならない。

私は、灰の国《パイオン》の母親なのだから。

言うべき台詞は決まっている。

「すばらしいですね。あなたと彼は、ソウルメイトですよ」

Apostle of The Moon Crown

Epilogue

エピローグ

さおりが奪い取ったさまざまな祝福が、体から離れていった。

ジーンはそれを不思議な気持ちでながめていた。今後の逃亡生活のことを考えれば少しはとっておいた方がいいような気もしたが、使者がいなくなった以上、白の国《アスプロ》の民《たみ》は自分で自分の面倒を見なくてはならない。返すべきだろう。

祝福が駆けてゆく海原に視線をやりながら、ルーシャがたずねてくる。

「ジーン。これでよかったのか？」

彼の言葉を受けて、ジーンはにっと笑ってみせた。

それを見て、ルーシャは不思議そうにする。

「あの美しい月冠《げっかん》の使者の顔が、不思議と人間味が増している」

「そりゃどうも」

「宿る魂によって、ここまで表情が異なるものなのだな」

「といっても、前の人生……この体を使っていたときはこんなふうに笑ったことなかったな。ジーンとして出会った人たちが、俺に笑顔をくれたんだ」

そうだ、とジーンは言葉を切った。

「さおり……前の月冠の使者は、きっと日本で目覚めてる。普通の女の子の、普通の人生を送ってるよ。安心したか？」

「ああ」

　ルーシャはくちびるのはしをあげた。

「彼女の悲しい死が現実のものにならなかったのなら、それでいい」

「そうだな」

　波がさざめく。もうすぐ大渦の発生する地点だ。アットが合図をする。無事にこの海流を越えた先にどうするか。まだ決めあぐねている。ただ……。

「俺は、白の国も黒の国《マヴロ》も、どちらの民も己の足でしっかり立って、自分の人生を進んでいけるようになってもらいたい。俺が不器用なりに、今までそうしてきたように」

「そうだな。女神にも祝福にも頼らず、信仰はあくまで精神的な豊かさのために。俺もそんな世界が理想だと思うよ」

　ルーシャの言葉に、ジーンはうなずいた。

「――女神は、ルーシャのことを革命家と言っていた」

「俺が？　お前ではなく？」

「お前という革命家を生むために、すべてを仕組んだのだと」

「俺は何もしてない」

　困惑《こんわく》するルーシャに、ジーンは言い放った。

「俺にとって、ルーシャはまちがいなく革命家だ。誰がこうなることを予想した？　女神の衣《ころも》の前でお前と出会っていなかったら、こんな展開にはならなかった」

「それは……俺にとってもそうだ……」

ジーンは、右手を差し出した。まだルーシャと出会ったばかりの――女神の衣に触れようとしたジーンを、彼が止めてくれたあのときの出来事を思い出していた。ルーシャは無鉄砲な自分を守ろうとしてくれた。

あのときの自分は使者ではなく、ただのレ・ジーンであった。

（でも、俺はいつまでもただのレ・ジーンだ。この世界で生を享《う》け、この世界で新しい人生を生きている）

これまでを懸命に生きてきた、ひとりの男として、友人として。ルーシャとの絆《きずな》をはっきりさせておきたかった。

「黒の国《マヴロ》と、白の国《アスプロ》。両国のために、俺たちは力を尽くそう」

ルーシャは、覚悟を決めたような顔つきになった。そしてジーンの手をとった。

「俺たちは運命を共にする同志だ」

「そう。そして俺がさおりみたいに暴れることがあったら、そのときは――容赦なく俺の息の根を止めてくれ」

ルーシャは、はっとしたような顔をした。辛《つら》い役目だが、月冠の使者と刺し違える覚悟をした彼ならば、きっとできると信じた。

「……わかった」

かたく誓いを交わした。

国に逆らい、教会を振り切り、大海原へ出た。

今この瞬間から、ふたりは運命共同体であり、そして、世界を変える者だ。

「共にいよう。いつか女神の衣がなくなり、この国に平和がもたらされるそのときまで」

「ああ」

「じゃ、まじめな話はこんなところで。ひとまずは逃亡成功の祝杯をあげよう！」

「また酒かよ……」

言ったそばから、ダンとタジラが小型船の食料庫から酒樽《さかだる》を引っ張り出してくる。

アットが目をつりあげる。

「そこ。なにのんきに酒盛りなんてはじめようとしてるんですか！」

「まあアットも遠慮すんなよ。大渦を越える前に一杯やっとこうや」

アットは怒っているが、ふたりはどこ吹く風である。

「では～なんだかんだみんなの無事と、よくわからんジーンの月冠の使者就任を祝って！」

ダンの気の抜けた乾杯のあいさつに、全員が噴き出した。
器《うつわ》になみなみと注がれたグラスを、空に向かって掲《かか》げる。
「……そして俺たちの、新たな門出《かどで》に」
ジーンは鼻の下をこすり、グラスの酒を揺らした。
仲間たちと肩を組み、体をあずける。
最後の祝福が、空へのぼり、白の国《アスプロ》へ向かって駆けていった。

※この作品はフィクションです。実在の人物・団体・事件などにはいっさい関係ありません。

集英社オレンジ文庫をお買い上げいただき、ありがとうございます。
ご意見・ご感想をお待ちしております。

● あて先
〒101-8050　東京都千代田区一ツ橋2-5-10
集英社オレンジ文庫編集部 気付
仲村つばき先生

月冠の使者

転生者、革命家と出逢う

集英社
オレンジ文庫

2022年9月21日　第1刷発行

著　者　仲村つばき
発行者　北畠輝幸
発行所　株式会社集英社
〒101-8050東京都千代田区一ツ橋2-5-10
電話【編集部】03-3230-6352
【読者係】03-3230-6080
【販売部】03-3230-6393（書店専用）
印刷所　株式会社美松堂／中央精版印刷株式会社

ISBN 978-4-08-680467-7 C0193